MIRI SMITH

Die Liebe kommt in Wollsocken

Ein weihnachtlich
romantischer Kurzroman

AF191312

Die Autorin

Miri Smith wurde 1982 geboren. Schon als Kind begeisterten sie vor allem rätselumwobene Geschichten. Ihre Liebe zum Schreiben und Backen entdeckte sie als Jugendliche. Nach ihrem Oecotrophologie-Studium arbeitete sie viele Jahre als Rezeptentwicklerin für Kochbücher und Kundenmagazine. In dieser Zeit veröffentlichte sie ihre ersten beiden Fantasy-Romane. Darauf folgte die beliebte Krimi-Reihe „Elsy Moore", von der wir auch in Zukunft weitere Bände erwarten dürfen. Und nicht nur das. Miris Herz schlägt gleichermaßen für knisternde Wohlfühl-Liebes-Romane. Ihr habt Lust mehr über Miri und ihre Bücher zu erfahren? Auf Instagram postet sie regelmäßig Neuigkeiten (@miri.smith.autorin).

MIRI SMITH

Die Liebe kommt in Wollsocken

Ein weihnachtlich romantischer Kurzroman

Bibliografische Information der Deutschen Nationalbibliothek: Die Deutsche Nationalbibliothek verzeichnet diese Publikation in der Deutschen Nationalbibliografie; detaillierte bibliografische Daten sind im Internet über http://dnb.dnb.de abrufbar.

Covergestaltung und Buchsatz: Miri Smith, unter der Verwendung einer Bildlizenz von Shutterstock.com (Künstlerin: Ekaterina Beskova)

Herstellung und Verlag: BoD - Books on Demand, Norderstedt

ISBN: 978-3-7568-5923-8

Playlist

White Christmas – Frank Sinatra

Somewhere in My Memory – John Williams

It's Beginning to Look a Lot Like Christmas – Bing Crosby

Die vier Jahreszeiten: Winter – Antonio Vivaldi

Santa Baby – Marilyn Monroe

Have Yourself a Merry Little Christmas – Judy Garland

All I Want For Christmas Is You – Mariah Carey

Supermärkte und andere Weihnachtskatastrophen

Frank Sinatras tiefe, samtige Stimme lief über die Lautsprecheranlage des Supermarkts und wünschte den Heerscharen von Besuchern mit dem Song *White Christmas* eine besinnliche Weihnachtszeit. Besinnlich war dieser Moment ohne Zweifel nicht. Violas Food Market, der Supermarkt der Gegend, platzte derzeit aus allen Nähten. Es war der 23. Dezember und wie jedes Jahr fielen die Bewohner von Jolly Tree, einer Kleinstadt im Herzen von Vermont, wie hungrige Raupen über den Laden her. Als gäbe es am 24. nichts mehr zu kaufen. In den Einkaufswagen stapelten sich Schinken, Käse, Milch und Lebkuchen. Quiekende Kinder rannten mit Süßigkeiten durch die schmalen Gänge, während ihre Eltern gestresst hinterherrasten, um ihre Kinder von irgendwelchem Unfug abzuhalten.

Mia stoppte, da eines der Kinder gefährlich nah mit einem riesigen Lebkuchenherz an ihr vorbeilief. Die Mutter des Kindes lächelte entschuldigend. Mia konnte nur schmunzeln. Sie liebte Weihnachten und versuchte das alljährliche Chaos in den Geschäften bestmöglich auszublenden. Sie lauschte auf, als Sinatras Song durch eine Durchsage unterbrochen wurde.

Violas kratzige Stimme tönte durch die Flure. Die Besitzerin des Ladens war bereits über achtzig und hatte eine dieser typischen Reibeisenstimmen. »Nur heute im Angebot.

Die Familienpackung Honigschinken für acht Dollar. Ein Schnapper, meine Lieben, lasst es euch nicht entgehen.« Viola hustete. »Und fröhliche Weihnachten!«, fügte sie freudig hinzu.

Mia musste jetzt umso mehr schmunzeln. Sie schüttelte den Kopf und machte sich auf, die letzten Einkäufe in ihren Wagen zu legen. Ihr Wagen war bei Weitem nicht so gut gefüllt, wie die der anderen. Aber schließlich kaufte sie allein für ihre gute Freundin Jess, die sie über die Feiertage besuchen kommen würde, und sich ein. Seit ihre Tante Stacy, die gleichzeitig ihre Ziehmutter gewesen war, vor zwei Jahren verstorben war, mehr Familie gab es nicht, feierte sie Weihnachten allein. Die Familienpackung Honigschinken war also das Letzte, was sie gebrauchen konnte. Hingegen schien die XXL-Packung mit den Mini-Zuckerstangen, die sich gerade vor ihr auftat, sehr verlockend. Schwupp landete sie auf ihren anderen Errungenschaften.

Als Nächstes standen die kalten Sachen auf ihrer Liste. Auf ihrem Handy scrollte sie hoch und runter. Lieber schaute sie zweimal, als dass sie etwas vergaß.

Vor den hohen Kühlregalen blieb sie stehen und parkte ihren Wagen an der Seite. Sie suchte nach ihrem Lieblingssahnejoghurt mit Kirschen. Den hatte Stacy auch immer gegessen, fiel ihr schweren Herzens ein. Wie sie so dastand und gedankenverloren auf das Glas schaute, entdeckte sie ihr traurig dreinblickendes Spiegelbild und erschrak etwas darüber. Sie hatte wirklich sehr traurig ausgesehen. Mia versuchte, sich selbst zuzulächeln, und richtete sich auf. Ein Rat, den ihr Stacy schon vor vielen Jahren gegeben hatte. *Wenn niemand anders dir zulächelt, dann tu es selbst.* Und genau das tat sie jetzt. Breit grinsend. Sie zupfte ihre blonde Kurzhaarfrisur zurecht und schwang ihren langen, dunkelblauen Schal, eines ihrer liebsten Erinnerungsstücke an Stacy, ein weiteres Mal um ihren Hals. – Stacy hatte ein Handarbeitsgeschäft in Jolly Tree besessen und sogar Kurse im Stricken gegeben.

Mia selbst war ebenfalls künstlerisch tätig, bloß in einer

völlig anderen Richtung. Sie hatte Mediendesign studiert und arbeitete seit vier Jahren als freiberufliche Buchcoverdesignerin. Als Bücherwurm war dies ihr Traumjob. Und mit ihren siebenundzwanzig Jahren hatte sie schon viel erreicht. Sie arbeitete für große Verlage überall im Land. Heute Morgen hatte sie ihren letzten Auftrag vor den Feiertagen abgeschickt. Jetzt hatte sie eine ganze Woche frei. Zum Lesen, Filmegucken und um sich mit Weihnachtskeksen vollzustopfen. Zugegeben, keine selbst gebackenen Kekse. Für diese Fleißarbeit besaß sie nicht die rechte Geduld. Dagegen Kuchen, die einfach und schnell gingen, standen bei ihr jede Woche an. Für Jess würde sie einen Pecan Pie backen. Sie würden gemeinsam *Tatsächlich ... Liebe* gucken und dabei darüber herfallen. Es würde herrlich werden.

Sie atmete auf und entdeckte nun endlich ihren Joghurt. Sie öffnete das Kühlregal und griff danach, als sie plötzlich etwas hörte.

Sie vernahm eine Stimme. Eine Stimme, die sie seit ihrer Kindheit sehr gut kannte, wenngleich sie sich seitdem stark verändert hatte. Sie war tiefer und durchdringender geworden.

Und sie war ganz in der Nähe. Oje ... Nein, nicht hier, nicht jetzt.

Langsam bewegte sich Mia den Gang entlang und spinkste um die Ecke.

Sie sah ihn und hielt automatisch inne. Was sollte man auch sonst tun bei diesem Anblick.

Groß, muskulös. Und mit einem Lächeln, das einen umhaute. Er trug Jeans, Leder-Boots und ein grau kariertes Fleecehemd, das seine blauen Augen hervorragend zur Geltung bringen würde. Da war sich Mia sicher. Dafür musste sie ihm nicht einmal nah sein. Seine dunkelbraunen Haare trug er zerzaust. James war der wahrgewordene Holzfällertraum. Obwohl er kein Holzfäller war. James arbeitete als Lehrer für Mathe und Geschichte. Und jetzt, da er wieder unter die Singles gegangen war, standen die Singlemütter der Stadt ohne

Frage Schlange bei ihm und baten um eine private Sprechstunde. James hatte sich vor zwei Monaten von seiner Freundin getrennt. Es war *die* Nachricht für die Klatschbasen gewesen. Kein Wunder, der Mann war heiß. Allein bei seinem Namen wurde ihr warm.

Schnell zog Mia ihren Kopf wieder ein und holte Luft. Holy moly. Im Guten, wie im Schlechten.

Warum!? Warum!?, stieß sie resigniert gen Himmel. Es gab zu viele Warums, um klar denken zu können. Warum musste sie ihm hier begegnen? *Warum* ausgerechnet hier? Warum wurde sie *immer* – wirklich immer – rot, wenn sie ihm begegnete? Und warum hatte er überhaupt diese verdammte Wirkung auf sie? Sie kannte ihn doch von klein auf. Als Kinder hatten sie oft zusammen gespielt, wenn er seine Tante besuchte, die lediglich ein paar Häuser weiter wohnte. Und früher war sie nie rot geworden. Aber irgendwann hatte es sich gewandelt. Es geschah nach ihrem Studium. Die beiden hatten sich eine Ewigkeit nicht gesehen und wie sie ihm das erste Mal in der Stadt über den Weg gelaufen war, er hatte gerade die Stelle an der hiesigen Highschool angenommen, hatte sie ihn kaum wiedererkannt. Aus dem schlaksigen Jungen war ein unverschämt gut aussehender Mann geworden. Ein Mann, der sie verunsicherte.

Verdammter James Wilder!, schimpfte sie still.

Okay, das war gemein. Er konnte schließlich nichts dafür, dass er diese Wirkung auf sie hatte.

Mia seufzte. Und trotzdem, James Wilder stand nicht mal fünf Meter entfernt von ihr, er hatte sie noch nicht einmal angesehen und schon stieg ihr eine verräterische Röte den Hals hinauf.

Erneut ermahnte sie sich, diesmal laut vor sich her genuschelt: »Herrgott, Mia Ferguson, reiß dich zusammen! Du bist siebenundzwanzig!«

Sie wusste, es war albern, so etwas zu denken. Menschen wurden eben rot und das hatte nichts mit dem Alter zu tun.

Allerdings hoffte sie, dass es sich irgendwann legte.

Als sie merkte, dass ihre Gedanken ihr nicht halfen, gab es nur eins. Sie musste Abstand gewinnen.

Schnell hastete sie zurück zu ihrem Einkaufswagen. Sicherlich musste es eine Möglichkeit geben, ihren Einkauf zu beenden, ohne ihm über den Weg zu laufen. Der Laden war immerhin groß genug.

Kaum hatte sie ihren Wagen erreicht, erforderte etwas anderes ihr Zutun. Ihr Handy schellte. Lauthals. Sch…!

Das war genau die Art von Aufmerksamkeit, die sie jetzt nicht heraufbeschwören wollte.

Stürmisch nahm Mia ab. Sie hatte noch nicht einmal geschaut, wer anrief, sondern keuchte nur atemlos: »Ja, hallo.« Hoffentlich war es kein Kunde. Eilig setzte sie freundlich, wenn auch leise hinterher. »Mia Ferguson. Guten Tag.« Flüchtig schaute sie sich um. Sie betete, dass sie keine Zuschauer hatte.

»Mia? Hallo, ich bin's«, meldete sich ihre Freundin Jess mit trauriger Stimme, was Mia sofort aufhorchen ließ.

»Was ist los? Geht es dir gut? Ist was passiert?«, fragte Mia besorgt. Bei ihr gingen sämtliche Alarmglocken an. Jess war eine Frohnatur. Sie klang nie traurig. Und wenn, dann konnte man das rot im Kalender anstreichen.

»Ich kann nicht kommen«, antwortete sie weinerlich und schluchzte.

»Was …?« Kurz war Mia wie betäubt, sie hatte sich so auf ihren Besuch gefreut. Jedoch war dies jetzt Nebensache. Jess ging es offenkundig nicht gut. »Was ist passiert?«, horchte sie sanft nach.

»Granny ist krank. Dad bat mich, zu kommen.«

»O nein. Ist es was Ernstes?«

»Das wissen wir noch nicht. Sie wird momentan untersucht. Ich möchte zu ihr.«

»Ja, natürlich.« Mia kannte Jess' Familie zwar nicht. Jess kam ursprünglich von der Westküste, sie hatten sich erst im

Studium in Boston kennengelernt. Aber sie wusste, dass sie ein enges Verhältnis zu ihren Großeltern hatte. Dass sie dieses Weihnachten bei ihr feiern wollte und nicht mit ihrer eigenen Familie, war eine absolute Ausnahme. Jess hatte es Mia zuliebe tun wollen, weil sie sich letztes Weihnachten schrecklich einsam gefühlt hatte. Es war das erste Weihnachtsfest ohne Stacy gewesen.

»Du bist mir nicht böse?«

»Himmel, Jess, ich bin dir nicht böse. Das kann jedem passieren. Geh und kümmere dich um deine Familie«, sagte sie mitfühlend.

»Aber jetzt sitzt du Weihnachten allein da«, schniefte Jess.

»Ich bin nicht allein«, dementierte Mia, nur um ihre Freundin zu beruhigen.

»Fox zählt nicht. Er ist kein Mensch«, hielt Jess dagegen.

»Fox zählt. Kater hin oder her«, erwiderte Mia knapp und mit einer Bestimmtheit, dass ein Widerspruch zwecklos war. Es gab nichts zu diskutieren. Jess wollte und musste für ihre Familie da sein.

»Okay. Aber wir schreiben. Ganz oft.«

»Ja, wir schreiben, ganz oft«, bestätigte Mia mit einem ehrlichen Lächeln in der Stimme.

»Ich hab dich lieb.«

»Ich habe dich auch lieb.« Und mit diesen Worten endete das Telefonat. Mia wusste, es würde ein einsames Weihnachtsfest werden. Schon wieder.

Ein bisschen Glitzer hat noch nie geschadet

Wärme und Lichterkettengefunkel begrüßten sie bei ihrer Rückkehr. Mia hatte gerade die Tür aufgeschlossen und die Einkaufstaschen im Eingangsbereich abgestellt. Flüchtig sah sie zurück.

Der Schnee beherrschte die Straßen. Nichts Außergewöhnliches für Vermont zu dieser Jahreszeit. Allerdings war es heute ausgesprochen dämmrig gewesen, schon den ganzen Tag. Augenblicklich kam ihr ein Vergleich. Sie grinste. Vermutlich sah es in Forks aus dem Film *Twilight* jeden Tag so aus. Es war später Mittag und es machte den Eindruck, als wäre es Abend. Ein Umstand, der zweifelsohne der Nebel- und Wolkendecke geschuldet war, die neue Schneemengen versprach. Es war Fluch und Segen zugleich.

Mia liebte Schnee. Wie er in der Sonne glitzerte, wie er alles unschuldig in eine weiße Wolke der Ruhe verwandelte, als würde die Welt auf die Art ein klein wenig innehalten.

Der Nachteil war, dass sie an den Schneetagen vor ihrem Haus Schneeschippen musste. Und für eine zierliche Person wie sie, ohne großartige Muskeln – vom Bilder-hin-und-herschieben auf dem Bildschirm bekam man keine sonderlichen Muskeln –, stellte dies Schwerstarbeit dar.

Trotzdem, die Freude überwog. Schnee war ein Wunder.

Mia blickte kurz über die Veranda ihres kleinen Hauses.

Eigentlich war es Stacys Haus. Mia empfand es als komisch, es als ihr Haus zu bezeichnen, vor allem weil sie viele Dinge beim Alten gelassen hatte, nachdem Stacy von ihnen gegangen war. Sie hatte das Haus zwar geerbt, bloß konnte sie es in vielen Dingen nicht zu ihrem Eigen machen. Noch nicht. Vielleicht kam das irgendwann. Im Moment klammerte sie sich an die Erinnerungen der Person, die ihr alles bedeutet hatte. Stacy war ihre Tante, Mom und beste Freundin gewesen. Sie war ein ganz toller Mensch gewesen.

Oft hatten sie auf der Schaukel der Veranda gesessen und stundenlang gequatscht. Selbst im Winter. Dann hatte es Kakao mit einer riesengroßen Portion Schlagsahne gegeben.

Mia lächelte bei dieser Erinnerung. Und beschloss, dass sie sich später genau das gönnte. Nicht die Schaukel, die war ihr zu kalt, ohnehin hatte sie zu lange hier im Eingangsbereich gestanden, aber gleich wenn alles erledigt war, würde sie sich einen Kakao machen.

Sie zog ihre dicken Winterstiefel auf der Fußmatte aus und schloss die Tür. Darauf trennte sie sich von ihrem Schal und ihrer Jacke und musste unwillkürlich feststellen, dass sie eindeutig zu lange verträumt vor sich her gestarrt hatte. Es war kühl im Haus.

Fox sah dies ähnlich. Er mauzte lautstark. Offenkundig eine Beschwerde. Ihr Kater, der seinen Namen seiner Intelligenz zu verdanken hatte und nicht seiner Fellfarbe, er besaß ein wunderschönes cremefarbenes Fell, saß in ihrem Sessel vor dem Kamin, in dem zu seinem Leidwesen bislang kein Feuer prasselte. Mal wieder hatte er sich auf ihren Schal, den sie versuchte zu häkeln, eingerollt. Das arme Ding lag zerknittert unter ihm. Was im Großen und Ganzen irrelevant war, da das Teil eine einzige löchrige Katastrophe war. Sie besaß einfach kein Talent. Oder nicht die Geduld.

Mia schnappte sich nun ihre Einkäufe und machte sich daran, sie wegzuräumen. Ihre To-do-Liste sah noch einiges vor. Den Weihnachtsbaum zu schmücken, war der nächste Punkt.

Dass die Abstellkammer eine derart große Auswahl an den unterschiedlichsten Weihnachtsbaumkugeln beheimatete, zauberte Mia ein Lächeln ins Gesicht. Letztes Jahr hatte sie sich gar nicht die Mühe gemacht, einen Baum zu kaufen. Aber dieses Jahr hatte die Nachbarschaftshilfe ihr einen bis ins Wohnzimmer getragen und aufgestellt. Was wirklich großartig gewesen war, weil sie jetzt einen richtigen Baum, der himmlisch nach Tanne roch, vor sich bewundern konnte.

Der Baum stand am Fenster, das zur Veranda zeigte. Der einzige Platz, der in ihrem kleinen Wohnzimmer möglich war. Die Möbel – zugegeben, ihre Bücherregale verschlangen ziemlich viel Platz – und der Kamin ließen es nicht anders zu. Zwar hätte sie den Baum genauso neben den Kamin stellen können, aber da sie ihn jeden Nachmittag anmachte, überlebte der Baum dann vermutlich genau einen Tag, ehe er sich rieselnd ins Nirwana verabschiedete.

Bevor Mia allerdings starten konnte, musste sie eines tun. Etwas fehlte. Zum Weihnachtsbaumschmücken gehörte einfach der Soundtrack von *Kevin – Allein zu Haus*. Sie öffnete die Musik-App ihres Smartphones und lauschte. Sie nahm einen Schluck von ihrem Kakao, ihre Nase tauchte dabei ein klein wenig in die dicke Sahnehaube, und als der erste Song anlief, atmete sie freudig auf. Es konnte losgehen.

Nach einer Weile, Mia hatte es tatsächlich fertiggebracht, die störrische Lichterkette anzubringen, und ein paar Kugeln hingen ebenfalls schon, da surrte ihr Handy.

@books_in_nature_vermont hatte ihr auf Instagram geschrieben. Was er wohl wollte? Es war nicht so, dass die beiden sich gut kannten. Sie folgten sich seit einem Jahr gegenseitig und tauschten sich hin und wieder über aktuelle Bücher aus, wie das so war auf Bookstagram.

@books_in_nature_vermont: *Habe gerade das beste Buch seit langem beendet.*

Er wollte sie neugierig machen, das war klar.

@mia_ferguson_bookcoverdesign: *Und das wäre?*

@books_in_nature_vermont: *Whoop. Whoop. Die sieben Männer der Evelyn Hugo!*

@mia_ferguson_bookcoverdesign: *Du hast es erst jetzt gelesen!!!??? Du schwächelst.*
Was war mit dem Mann los? Mia schüttelte schmunzelnd den Kopf.

@books_in_nature_vermont: *Ja, ich weiß. Zu viel Arbeit. Zu viele Bücher. Zu wenig Zeit ... Das alte Thema.*

@mia_ferguson_bookcoverdesign: *Yeap ...,* erwiderte sie schlicht und dachte, sie beendeten nun den Chat, als er weitertippte. Sie wartete einen Augenblick.

@books_in_nature_vermont: *Was machst du an Weihnachten?*

Eine einfache Frage, sollte man meinen. Mia starrte auf den Bildschirm und blinzelte. Dann zog sie eine Schnute. Die Frage war ... War sie zu persönlich? Nein, jeder unterhielt sich darüber. Nichtsdestotrotz, als sie ihren Feed damals erstellt hatte, war es einzig und allein darum gegangen, Werbung für ihre Arbeit zu machen. Klar, mit einigen Bookies hatte sie sich auch angefreundet. @books_in_nature_vermont gehörte jedoch bislang zu den wortkargeren Vertretern. Warum fragte er sie also jetzt? Baggerte er sie an? Suchte er nach Gesellschaft über die Feiertage? Immerhin kam er wie sie aus Vermont. *Bitte nicht!*, bat sie das Universum und schaute flehend zur Zimmerdecke. Die schlussendliche Frage war: Was antwortete sie? Eine unverfängliche Antwort musste her.

@mia_ferguson_bookcoverdesign: *Das Übliche. Weihnachtskram.*

Mia tippte auf Senden. Sie hatte nicht gefragt, was er vorhatte. Sie kam sich unhöflich vor, gleichwohl wollte sie nichts provozieren.

@books_in_nature_vermont: *Sorry. Die Frage war zu persönlich.* Seiner Nachricht hängte er einen sich schämenden Affen an.

Er verstand. Und hatte zudem Verständnis.

Glück gehabt. Er war keiner von diesen nervigen Typen. Er hatte lediglich nett gefragt. Mia atmete auf.

@mia_ferguson_bookcoverdesign: *Alles gut. Ich wünsche dir fröhliche Weihnachten!*

@books_in_nature_vermont: *Danke. Dir auch.* Dahinter stand ein Tannenbaum.

Und damit war ihr Chat beendet.

Mia war erleichtert. Sie war froh, ihm anscheinend nicht vor den Kopf gestoßen zu haben. Er war ja nett … Und ihren Austausch über Bücher schätzte sie. Und im Grunde war es nicht seine Schuld. Und natürlich auch nicht ihre. Zu oft hatte sie anzügliche Nachrichten erhalten, von Typen, die sie einfach nur auf den Mond wünschte.

Sie hakte das Thema ab und widmete sich aufs Neue den Weihnachtskugeln. Soeben hatte sie ihre Lieblingskugel entdeckt. Ein Stapel von bunten Büchern, übersät mit funkelndem Glitzer. Die Kugel, die genau genommen keine war, hatte sie zu ihrem neunten Geburtstag geschenkt bekommen und fortan einen besonderen Platz erhalten. Und dieses Jahr würde keine Ausnahme darstellen.

Zwei Stunden später war ihr Werk so gut wie vollbracht. John Williams' *Somewhere in my Memory* spielte im Hintergrund.

Mia wurde ganz melancholisch. Immer zum Schluss einer

jeden Schmückaktion hatten Stacy und sie an manchen Stellen Glitzer auf die Äste gesprüht. Ganz dezent. Sie gehörten nicht zu den Leuten, die Tannenbäume beluden, sodass sie unter dem Gewicht ihres Schmucks zusammenbrachen.

Sie schüttelte die Spraydose und begann. Ein klein bisschen Glitzer hatte noch nie geschadet.

Ein Hoch auf Weihnachtsfilme und wie man bei einem Überraschungsbesuch nicht völlig die Fassung verliert

Der Tag schreite förmlich nach einem zweiten Kakao. An diesem Abend allerdings mit einem Schuss Amaretto und diesmal in der dicken Weihnachtsmanntasse, an der eine der Mini-Zuckerstangen baumelte, die Mia am Mittag erstanden hatte.

Mia war frisch geduscht und lümmelte in Leggings und dickem Pulli in ihrem Lieblingssessel vor dem Kamin.

Ein Feuer loderte darin, wie jeden Abend. Es knisterte und knackte herrlich. Und es verbreitete eine angenehme Wärme, die so durchdringend war: Mia fühlte sich bis tief ins Innerste gewärmt.

Im ganzen Haus roch es danach. Und nach Zimt und Vanille und nach Bratapfel. Zahlreichen Duftkerzen geschuldet, die auf dem Kamin standen, damit Fox sie nicht umschmeißen konnte, denn dies war der einzige Ort, an den er sich nicht wagte. Zumindest nicht mehr. Das kam davon, wenn man als Kater zu leichtsinnig war. Man verbrannte sich eben den Schwanz. Eine Katerlektion fürs Leben.

Fox lag derzeit eingerollt auf dem Sofa, natürlich in ihrer Nähe.

Seine Dosenöffnerin hatte sich mit Chips und Keksen bewaffnet und wer wusste schon, ob nicht auch mal etwas für ihn abfiel. Sein wacher Blick sprach Bände.

Mia selbst hatte gegenwärtig nur Augen für ihren Film. Sie

schaute die Neuverfilmung von *Little Women* und die Schluss-szene nahm sie derart gefangen, dass sie sich gespannt aufge-richtet hatte. Sie stützte sich auf ihre Knie und lehnte nach vorn. Ein Taschentuch im Anschlag. Sie wusste, was jetzt kommen sollte. Und obgleich sie Jo, die Heldin der Geschich-te, schon mehrere Male bei ihrem Triumph begleitet hatte, konnte sie nicht anders. Ihr liefen Tränen über die Wangen. Glückstränen. Sie schniefte und grinste wie ein Honigkuchen-pferd.

Doch was war das?

Ein derber Fluch von irgendwo draußen mischte sich au-genblicklich unter die Filmmusik. Störte die Stimmung.

Aber nur kurz.

Mia war gewillt, darüber hinwegzuhören, die Schluss-szene war einfach zu schön …, als es plötzlich an ihrer Haus-türe klopfte.

Das durfte nicht wahr sein! Nein … Mia stöhnte.

Mürrisch stoppte sie den Film, seufzte ein letztes Mal Richtung Bildschirm und ging dann nachschauen.

»Moment!«, rief sie eilig und wischte sich die Tränen von den Wangen. Bestimmt sah sie verheult aus. Super, so begrüß-te man gern jemanden an der Tür.

Kaum hatte sie den Gedanken beendet, öffnete sie die Tür und fiel beinahe vorn über.

»Hi!«, begrüßte sie seine dunkle Stimme.

James Wilder!

Was? Was wollte er hier?

Hatte er sich in der Hausnummer geirrt? Seine Tante wohnte vier Nummern weiter. Offenkundig nicht.

Er lächelte schief, auf eine Weise … Der Mann war ein-drucksvoll, aber dieses Lächeln erinnerte sie an den Jungen, den sie eins gekannt hatte. Es war eine Mischung …

Mia wurde augenblicklich warm. Kalte Luft, die ihr entge-genwehte, hin oder her. Sie blinzelte. Überhaupt, hatte sie ge-antwortet …? Nein. »Hallo, James«, beeilte sie sich zu sagen und konzentrierte sich darauf, nicht rot anzulaufen. Sie bemühte sich an jemand Gemeines zu denken, an etwas Ekliges … Was eigentlich nicht nötig war, da James sie mit seinen nächsten Worten auf eine Art überrumpelte, dass sie keine Zeit hatte, nachzudenken.

»Entschuldige, dass ich dich überfalle. Ich wollte zu Maude und Vinny, sie waren leider nicht da. Jedenfalls, auf dem Rückweg bin ich auf einer Eisschicht ausgerutscht und habe mir den Fuß vertreten. Darf ich mich bei dir kurz ausruhen, bevor ich weiterfahre?«, fragte er zerknirscht. Es war ihm sichtlich unangenehm. Na ja, hingegen, was blieb ihm übrig? Er lehnte schwer gegen die Wand, um sein rechtes Bein zu entlasten.

»Natürlich … Natürlich, komm rein!«, stotterte sie. »Soll ich dir helfen?«, bot sie an.

»Nein, danke, das geht schon. Wenn du nichts dagegen hast, setze ich mich gleich hierhin. Ich will dir keinen Schnee reintragen«, sagte er wie selbstverständlich und deutete auf ihre Garderobe, unter der eine kleine Bank stand.

»Sicher.«

Schnell schloss Mia die Tür hinter sich. »Kann ich etwas tun?«, erkundigte sie sich, wie sie sah, dass er sich abmühte. Er musste wirklich Schmerzen haben. »Willst du Eis zum Kühlen?«

»Also Eis hätte ich da draußen zur Genüge gehabt«, sagte er abermals mit diesem schiefem Grinsen, das sie so nervös machte.

Mia konnte nicht glauben, was gerade geschah. Während sie in Leggings, ungeschminkt und mit Struwwelfrisur vor ihm stand, saß James wie aus einem sexy Wander-Werbespot vor ihr. Selbstbewusst begutachtete er ihr Wohnzimmer, das sich fließend an den Eingangsbereich anschloss. Sie kam sich vor, als sähe sie eine Fata Morgana.

Konnte Stress derartige Phänomene hervorrufen? Denn die letzten Wochen waren schon recht stressig gewesen. Oder hatte sie schlichtweg zu viel Amaretto in ihren Kakao gegeben? – Alles Unfug, das wusste sie.

»Du bist also immer noch ein Weihnachtsfan«, stellte er fest und unterbrach damit ihr Gedankenchaos.

Sie folgte seinem Blick und musste unwillkürlich lächeln. »Yeap«, antwortete sie schlicht. Da gab es nichts zu leugnen. Zwar dekorierte sie nicht übermäßig, die Anzahl der Lichterketten allerdings sprach Bände. Selbst in ihren Bücherregalen hatte sie welche platziert.

»Gemütlich«, bemerkte er anerkennend und schaute sie wieder an. Sein Blick ruhte länger auf ihr, ehe er fragte: »Geht es dir gut …? Hast du … hast du etwa geweint?« Er machte beinahe Anstalten, aufzustehen, besann sich jedoch schnell eines Besseren.

Sie musste demnach wirklich wie eine verquollene Eule aussehen. Ja, super. »Nein«, erwiderte sie schwach und überlegte, wie sie es ihm erklären sollte. *Hallo, James, wir haben uns zwar Ewigkeiten nicht mehr gesehen, aber du hast vollkommen recht, ich bin ein Weihnachtsnerd und eine Heulsuse dazu. Ich heule immer noch bei jedem kleinsten Anflug von Rührseligkeit.*

James hob eine Braue.

»Also, ja und nein«, fühlte sie sich gezwungen zu sagen. Was total albern war. Sie war eine erwachsene Frau. Sie musste gar nichts. Bloß, sie kannte ihn. Mochte ihn. Es war kompliziert.

Ihre Bemerkung entlockte ihm ein Lachen, das sie unwillkürlich ansteckte.

»Ich habe *Little Women* geguckt«, gab sie zu, als sagte dies alles.

Und für ihn tat es das auch. »Die Schlussszene!? Die ist mörderisch.«

Mia konnte es nicht glauben. Hatte er soeben wirklich zugegeben, dass er bei diesem Film ebenfalls weinen musste? Mia grinste in sich hinein und irgendwie fand sie darüber zu ihrem alten Ich zurück. »Du deutest jetzt aber nicht an, dass …?«

»Männer weinen nicht«, behauptete James resolut. Halb im Spaß, halb ernst. »Wir haben eine Fluse im Auge. Ein Staubkorn.«

»Ah … Selbstredend.« Mia nickte bedeutsam.

»Und … was machst du an Weihnachten«, wechselte er abrupt das Thema und ging sich verlegen durch die Haare.

Männer!, dachte Mia. Kaum ging es um Gefühle, musste ein anderes Thema her. Wobei, er war es selbst schuld, er hatte damit angefangen. Na ja, was sollte es … Sie spielte mit. Kurzerhand erzählte sie ihm die Wahrheit, wenn auch lediglich die abgespeckte Version. »Nicht viel. Filme gucken. Lesen. Ausruhen … Eigentlich wollte eine gute Freundin über Weihnachten zu Besuch kommen, leider mussten wir das verschieben. Ihre Oma ist krank geworden.«

»Was Schlimmes?«, erkundigte er sich und zog die Stirn kraus. Es schien ihn wirklich zu interessieren.

»Zum Glück nicht. Sie hatte Schmerzen. Alle dachten an einen Herzinfarkt. Letzten Endes stellte sich heraus, sie hatte sich den Magen verdorben.« – Jess hatte Mia vor ein paar Stunden geschrieben. Mia war natürlich erleichtert gewesen, sie wusste, wie wichtig Jess' Oma für sie war. Auf der anderen Seite trauerte sie ihrem nicht stattfindenden Besuch nach. Ehrlich gesagt, war sie enttäuscht und traurig. – Wie aus Reflex hatte Mia die Arme um ihren Oberkörper geschlungen und blickte ins Leere. Sie brauchte eine Menge Filme und Bücher, um die Leere zu füllen. Jess und sie hatten so viel Schönes geplant gehabt.

»Also, ich bin morgen zu Maudes Party verdammt«, brachte James sie zurück in die Realität. – Hoffentlich hatte er nicht bemerkt, dass sie abwesend gewesen war. Wie in einer Art verzögerten Zeitschleife kamen seine Worte bei ihr an. Sie brauchte einen Moment, um die neuen Infos zu verarbeiten.

»Stimmt, Maudes Party.« Maude gab jedes Jahr am 24.

Dezember eine Weihnachtsparty. Das letzte Mal war sie mit Tante Stacy dort gewesen. Maudes Partys waren toll, doch nachdem Stacy von ihnen gegangen war, hatte sie sich nicht dazu aufraffen können. Und darüber wollte sie jetzt lieber nicht nachdenken. Viel interessanter schien ihr die Frage, warum er es als *Verdammnis* bezeichnete, dort hinzugehen. »Magst du die Partys deiner Tante nicht?«, fragte sie ihn neckend und grinste.

James zuckte mit den Schultern. »Eigentlich schon. Wären da nicht die Hyänen.«

»Die Hyänen!?«, echote sie fragend.

»Becky und Sil von gegenüber. Sie haben es auf mich abgesehen«, antwortete er bedeutsam.

Mia wusste sofort Bescheid und nickte verständnisvoll. Becky und Silvia waren das berühmt berüchtigte Verkupplungsduo von Jolly Tree. Gelinde gesagt, sie waren anstrengend ihn ihrer Obsession *Menschen zueinander finden zu lassen*, wie sie es harmlos nannten. Dabei war es alles andere als harmlos. Die beiden zeigten meist vollen Körpereinsatz, wenn es darum ging, jemanden zu verkuppeln. Die Masche, gegen jemanden zu stoßen, damit besagter jemand wiederum gegen jemand anderen stieß, war keine Seltenheit. Die zwei waren mit ihren siebzig total oldschool. Und dass James seit nicht allzu geraumer Zeit ein Singledasein fristete, musste für sie ein gefundenes Fressen sein. Sie würden über ihn herfallen, besonders weil er gut aussah.

»Hey, komm doch auch? Du könntest mein Sidekick sein. So wie in alten Zeiten«, schlug er nach einem Moment des Zögerns vor. Er sah sie an, als wäre nicht viel dabei.

Mia war perplex. Sie, sein Sidekick? Wie in alten Zeiten? Verrückt. Damals, als Kinder hatten sie oft zusammen gespielt und wirklich eine Menge ausgefressen, sich dabei aber nie in die Pfanne gehauen. Es stimmte, sie waren ihre Sidekicks gewesen. Bloß, jetzt waren sie erwachsen, kannten sich kaum mehr. Und vor allem, wollte sie sein Sidekick sein? Sein

Kumpel? Na ja, sie konnte sich Besseres vorstellen, aber ihre romantischen Fantasien ihn betreffend waren … Bestimmt interessierte er sich für andere Frauen. »Ich weiß nicht …«

»Hey, pass auf, Weihnachtself«, sagte er im Spaß und deutete auf ihren Pulli, auf dem tatsächlich eine weibliche Weihnachtselfe abgebildet war. »Wir tauschen Nummern und ich schreibe dir, wann ich da bin. Du würdest mir wirklich einen Gefallen tun«, beteuerte er. Im nächsten Moment reichte er ihr schon sein Smartphone. Sie sollte ihre Nummer eintragen.

Noch immer verdattert über die Bemerkung mit dem Weihnachtself, zögerte Mia. Und sie zögerte wegen noch etwas. Sie guckte hinab auf seine große Hand, in der das Handy klein wirkte. Er hatte gepflegte Hände, danach schaute sie immer bei Männern. Langsam, bemüht ihn nicht zu berühren – Wer wusste schon, welche Reaktionen das bei ihr auslöste? –, nahm sie es entgegen und tippte ihre Nummer ein. Als sie fertig war, starrte sie abwesend auf ihren Namen. Weihnachtself, pff … Sie schmunzelte in sich hinein. Ja, dann: wenn schon, denn schon! Noch einmal ging sie auf ihren Namen und korrigierte sich. Sie gab ihren neuen Titel – Oder sollte sie Spitznamen sagen? – ein: Der Weihnachtself aus der Primrose Lane. Den Spaß konnte sie sich nicht nehmen. Niemand foppte sie wegen ihrer Weihnachtspullis. Himmel, sie war so ein Nerd. Betont unschuldig gab sie ihm das Handy zurück.

Ein belustigtes Schnauben ließ nicht lange auf sich warten. Darauf folgte ein Kopfschütteln. Keine Sekunde später schellte ihr Handy. »Schreib mir!«, wies er sie an. Dabei sah er sie eindringlich an. »Wenn du nicht kommst, muss ich mir ernsthaft einen anderen Plan überlegen. Und ich habe keine Ahnung, wie der aussehen könnte.« Erneut lächelte er schief, fast verschwörerisch, bis sich sein Mund zu einem 3000-Watt-Lächeln verzog, das ohne Zweifel die gesamte Primrose Lane zum Leuchten bringen konnte.

Holy moly …

In diesem Augenblick herrschte in Mias Gedankenwelt

einfach Leere. Vollkommene Leere. Trockene Strohballen fegten durch ihr Hirn wie in einer ausgestorbenen Wild-Western-Stadt. Die Welt hätte von einem Kometen getroffen werden können und sie hätte einfach nur dagestanden.

Das Einzige, was sie mitbekam, war, dass ihr unter ihrem Pulli plötzlich viel zu heiß wurde. Schon wieder. Es rüttelte sie wach. Verlegen schaute sie zu Boden, als gäbe es da etwas ganz Besonderes zu erkunden.

»Okayyy …«, sagte er gedehnt. »Ich mach mich mal auf den Weg.« Langsam richtete er sich auf. Und stöhnte leicht.

Sogleich kamen Mias Synapsen wieder ins Rollen. »Soll ich dir helfen?«

Er schüttelte den Kopf, also öffnete sie ihm die Tür.

»Danke, dass ich mich kurz bei dir ausruhen durfte.«

»Kannst du überhaupt fahren?«, erkundigte sie sich besorgt, während er nach draußen ging. Zwar humpelte er schon viel weniger, aber …

James drehte sich zu ihr um. »Es sieht schlimmer aus, als es ist. Und Mia?« Er wartete, bis sie ihn ansah. »Ich wäre noch zu weit mehr imstande.« Spitzbübisch zwinkerte er ihr zu.

Was!? Mia legte den Kopf schief.

Hätte in diesem Augenblick nicht ihr Smartphone geschellt, sie hätte ihn mit offenem Mund angestarrt.

Dennoch, perplex blickte Mia zu ihm, dann Richtung Wohnzimmer, wo ihr Handy lag, und schlussendlich zurück zu ihm.

Mit einem trägen Lächeln flüsterte er: »Du solltest rangehen!« Und mit diesen Worten verabschiedete sich James in die mittlerweile sternenklare Nacht.

Bittersweet Memories

In Mias kleiner Landhausküche roch es wie in der Weihnachtsbäckerei. Ein Duft von Vanille, Butter und Nüssen erfüllte den Raum. Mia nahm gerade den Walnuss-Mandel-Pie, den sie eigens für Maudes Weihnachtsparty gebacken hatte, aus dem Backofen und stellte ihn zum Abkühlen auf ein Kuchengitter. Sie wollte nicht mit leeren Händen dort erscheinen. Zumal jeder, der eingeladen war, ein Gericht oder Kuchen mitbrachte, damit das Kochen nicht allein an Maude hängen blieb. Allein war dies kaum zu schultern. Sicherlich würden es an die fünfzig Gäste werden.

Mia zog ihre Backhandschuhe aus und begutachtete ihr Werk. Der Rand war goldgelb gebräunt und folglich hatte die Füllung genau die richtige Konsistenz. Das wusste Mia. Das Rezept hatte sie schon unzählige Male zubereitet. Sie liebte Nusskuchen. Und diesen besonders, da die Füllung schön chewy war. Sie freute sich bereits darauf, ein Stück zu kosten. Wenn sie eins abbekam. Das war nicht gewiss.

Gedankenverloren ließ sie ihren Blick schweifen und lächelte.

Zunächst war ihr die Idee, auf Maudes Party zu gehen, abwegig erschienen. Sie konnte nicht behaupten, eine Partygängerin zu sein. Allerdings, Maudes Feste waren meist auf eine unaufgeregte Weise schön. Man traf alte Bekannte, quatschte entspannt, spaßte, lachte. Warum also nicht? Dazu kam, dass

James sie gefragt hatte. Was immer das heißen mochte?

Für Jess war es eindeutig. Sie hatte ihren Ohren kaum getraut, als Mia es ihr gestern Abend erzählt hatte. Sie war es gewesen, die angerufen und das kurze Intermezzo zwischen Tür und Angel aufgelöst hatte.

Zum Glück, dachte Mia, sie wäre ansonsten vermutlich angelaufen wie eine Tomate, bei seiner Doppeldeutigkeit. Holy moly.

Jess war der festen Überzeugung, dass er sie um ein Date gebeten hatte.

Mia sah dies entschieden anders. Immerhin sollte sie sein Sidekick sein. Seine Verabschiedung jedoch warf Fragen auf …

Himmel! Sie hatte wirklich keine Ahnung.

Wie es auch sein mochte, sie nahm sich vor, heute Abend viel Spaß zu haben. Auch in Gedenken an Stacy, die Maude sehr gemocht hatte. Die beiden waren vielleicht nicht *beste* Freundinnen gewesen, dennoch sich sehr zugetan.

Wie von selbst ging Mias Blick in Richtung Flur. Zu dem Zimmer, das sie nur selten betrat.

Stacy hatte im Haus ein kleines Arbeitszimmer gehabt. Ein Büro mit dazugehöriger Strick-Ecke und Wolllager. Unzählige Wollknäuel warteten darauf, verarbeitet zu werden. Mia hatte es nicht übers Herz gebracht, den Raum zu verändern. Er sagte so viel über ihre Tante aus.

Langsam machte sie sich auf den Weg. Sie öffnete die Tür und schaute zögernd hinein. Das Zimmer lag im Dämmerlicht. Sie schaltete die Deckenbeleuchtung ein, trat jedoch nicht ein.

Fox war derjenige, der den Raum kaperte. Er sprang auf Stacys Sessel, in dem sie Stunden damit verbracht hatte, Socken, Schals und Handschuhe zu stricken. Als Kind hatte Mia unzählige Male zu ihren Füßen gesessen und gelesen, besonders im Herbst und Winter, wenn es draußen stürmte.

Mia stieg ein feiner Geruch von Wolle in die Nase und noch etwas … Ein zarter Hauch von Stacys Parfum lag ebenfalls in der Luft. Oder bildete sie es sich lediglich ein? War es Wunschdenken?

Sie zögerte nun nicht mehr und trat ein. Kaum hatte Mia die ersten Schritte getan, umfing sie ein Gefühl von Zuhause. Von echtem Zuhause. Solch einem Zuhause, das man gewöhnlich allein in der Gegenwart eines geliebten Menschen verspürte.

Augenblicklich stiegen ihr Tränen in die Augen.

Sie hatte ihre Tante unendlich geliebt.

Stacy war der Wahnsinn gewesen. Mutig und schlau. Witzig und einfühlsam. Sie hatte für jeden ein offenes Ohr gehabt und immer das Gute im Leben gesehen. Gott, sie war der liebenswürdigste Mensch gewesen, den man sich nur vorstellen konnte …

Mia ließ all ihre Gefühle zu. Die Freude und das Glück, die sie bei den Erinnerungen an Stacy empfand. Die Trauer, die sie wohl nie überwinden würde, aber mit der sie gelernt hatte zu leben. Die Wut, ihr nicht hatte helfen zu können. Und das Bedauern, ihre Tante nie wieder in den Armen zu halten.

Mia blinzelte, Tränen kullerten ihre Wangen entlang und tropften hinab. Und so gegensätzlich wie ihre Gefühle in diesem Moment auch sein mochten. Eines überwog und überstrahlte die anderen.

Die Liebe zu Stacy, die sie für den Rest ihres Lebens in ihrem Herzen tragen und die ihr nie jemand wegnehmen würde. Und dieses Wissen beruhigte sie, wärmte sie von innen, bis sie schließlich lächelte. Sie schniefte ein letztes Mal und wischte sich die Tränen fort. Puh … Was für ein Tag …

Mia schüttelte sich und rüttelte sich damit selbst wach. Sie hatte einen Grund gehabt, hierherzukommen.

In einigen Schränken ruhten fertige Strickwaren und eines der handgemachten Teile wollte sie Maude als Erinnerung an ihre Freundin heute an Weihnachten schenken.

Sie griff nach ein paar schwarzen Handschuhen aus Merinowolle. Fein, edel, zum Ausgehen gemacht. Stacy musste viel Liebe in die Stücke gesteckt haben. Mia fühlte das weiche Material und genoss das flauschige Gefühl an ihrer Haut. Sie wusste, es war das perfekte Geschenk für Maude.

Jetzt müsste sie die Handschuhe nur noch verpacken. Weiter lächelnd machte sie sich auf. Sie war gerade dabei, Fox zu rufen, um die Tür wieder zu verschließen, da entschied sie sich spontan um.

Die Tür, das wusste sie, würde fortan offen bleiben.

Eine Weihnachtsparty, Hyänen und wie Konkurrenz das Geschäft belebt

Es war der Weihnachtsabend und wie Mia den Gehweg hinunter zu Maude spazierte, knirschte unter ihren Stiefeln der Schnee. Vor zwei Stunden hatte es abermals geschneit. Neuschnee lag überall und glitzerte in bunten Farben auf. In der Dunkelheit des Abends leuchteten überall Lichterketten, Frosty-Figuren und Rentierschlitten, entweder von den Dächern aus oder von aufwendigen Arrangements in den Gärten, und ließen den fluffigen Schnee erstrahlen.

Mia hatte es nicht eilig, im Gegenteil, sie bewunderte diese Pracht. Außerdem war es wunderbar still. Winterabende hatten so etwas an sich … Wenn man sich nur die Zeit nahm, innehielt und genau hinsah, hatte diese bunte Kulisse etwas widersprüchlich Beruhigendes, Magisches an sich. Es war wie ein Aufatmen.

Und Mia fühlte sich, als atmete sie seit Langem das erste Mal wieder richtig ein und aus.

Wie Mia nun Maudes und Vinnys Haus, das größte und nobelste der Straße, erreichte – Maude und Vinny hatten als Unternehmer ein klein wenig Geld an den Füßen –, blieb sie stehen und beobachtete von draußen das Treiben im Innern. Durch die breiten Fenster des Wohnzimmers konnte sie problemlos hineinschauen. Sie freute sich auf den Abend und dennoch …

Geradewegs bekam sie einen Aschenbrödel-Moment. Genau wie in ihrem Lieblings-Weihnachts-Film *Drei Haselnüsse für Aschenbrödel*. Sie stand vor der Treppe, die hoch zur Veranda führte und zögerte. Soll ich … oder soll ich nicht …? Leider hatte sie keinen Nikolaus an ihrer Seite, der ihr wiehernd zu verstehen gab, dass sie natürlich weitergehen sollte, folglich kam Mia ins Grübeln.

Sie musste daran denken, was Jess zu ihr gesagt hatte. Über Weihnachtsabende, Chancen und dass sie sich gefälligst rasieren sollte, besonders an den wichtigen Stellen. Himmel, sie glaubte nicht, dass es *dazu* kommen sollte. Auch wenn ihr die Idee, ehrlich gesagt, gefiel …

Sie schüttelte den Kopf und schmunzelte in sich hinein. Gleich darauf kam ihr @books_in_nature_vermont in den Sinn. Auch er hatte Pläne. Er hatte ihr geschrieben, dass er ebenfalls auf eine Party ging und dort vielleicht auf jemand ganz Besonderen traf. Mia freute sich für ihn und hatte ihm viel Glück gewünscht. Sie selbst war erleichtert, weil sie nun wusste, dass er keinen Annäherungsversuch gestartet hatte.

Ob James' Einladung zu Maudes Party ein Annäherungsversuch war, darüber war Mia weiterhin im Unklaren. James … Was wollte er? Was bezweckte er mit seiner Bitte? Hatte er wirklich bloß Bedenken wegen Becky und Sil? Mia wusste es nicht. Was sie wusste, dass er sich freute, dass sie kam. Am Mittag hatte sie kurz mit ihm geschrieben. Er hatte ihr zweimal gedankt. Und das klang definitiv nicht nach einem Date. Eher nach: Danke, dass du mir den Arsch rettest.

Sie seufzte und stand wie angewurzelt da. Irgendwie konnte sie sich nicht aufraffen, die Treppe hochzusteigen.

Soll ich … oder soll ich nicht …?

»Bringt der Weihnachtself Geschenke?«, bemerkte plötzlich ein gewisser Jemand hinter ihr. Diese dunkle Stimme würde sie jederzeit und überall wiedererkennen.

Erschrocken drehte sich Mia um und … erstarrte.

Holy moly … Das war nicht gut. Das war überhaupt nicht

gut. Also schon, aber ... Unwillkürlich begann ihr Herz fester zu schlagen. Sie steckte in Schwierigkeiten.

James sah unfassbar gut aus. Er trug einen dunklen Trenchcoat und entgegen der meisten Männer, die sich zu Weihnachten eher rasierten, hatte er sich einen Dreitagebart stehenlassen, der seine kantigen Gesichtszüge sehr gut zur Geltung brachte.

Ja, sie steckte wirklich in Schwierigkeiten. »Hi ...«, war ihre überaus eloquente Antwort, weshalb sie direkt weiterredete. »Wie geht es deinem Fuß?«

James lächelte breit. »Wieder völlig hergestellt. Danke der Nachfrage. Sollen wir?«, erwiderte er und deutete, inzwischen neben ihr stehend, die Treppe empor.

Jetzt gab es kein Zurück mehr.

Mit einem entzückten Aufschrei begrüßte Maude sie an der Tür. Maude, eine Frau an die sechzig, klein, leicht füllig, eine sehr lebensfrohe und herzliche Natur, winkte die beiden herein. Maude hatte James schon sehnlichst erwartet. »Mein Junge! Schön, dass du endlich da bist.« Sie drückte ihn, wofür sich James ein Stück weit hinunterbeugen musste. Sie nahm ihn in den Arm, als wäre er ihr liebstes Weihnachtsgeschenk. Genauso hatte Stacy Mia immer in den Arm genommen.

Darauf schaute Maude zu Mia. Sie legte eine Hand auf ihren Arm und seufzte. »Ich freue mich, dass du gekommen bist«, sagte sie mit einer Inniglichkeit, dass Mia schwer ums Herz wurde. Und Maude schien es ähnlich zu gehen. Schnell suchte sie nach Ablenkung. »Ja, sag mal, was hast du denn Schönes mitgebracht?«

Mia zuckte mit den Schultern und überreichte ihr den Kuchen. »Nur einen Pie. Er ist mit Walnüssen und Mandeln.«

»Nur!?«, echote Maude und schnupperte daran. »Ich liebe Nuss-Pies!«, verkündete sie euphorisch. Sie rückte näher und flüsterte Mia ins Ohr: »James ebenfalls.« Und wie sie sich zurückzog, zwinkerte sie ihr verschwörerisch zu.

O Mann … das ging ja schon gut los. Fast vergaß Mia darüber ihr Geschenk. Sie holte es aus ihrer Handtasche und reichte es ihr. »Von mir … Von Stacy«, korrigierte sie sich selbst, »für dich.«

Maude nahm das kleine Päckchen andächtig entgegen. »Oh … Ich werde es mir gleich in Ruhe anschauen.« Gerührt strich sie über das weiß-rote Geschenkpapier. »Danke«, flüsterte sie und schluckte. Sie blinzelte, ehe sie sich abermals an ihren Neffen wandte. »Meine Schwester hat mich angewiesen, gut für dich zu sorgen. Also, zieht eure Mäntel aus und stürzt euch auf das Büfett! Viel Spaß, meine Schätzchen«, wünschte sie ihnen wieder fröhlich mit einem Augenzwinkern.

Kaum war Maude verschwunden, fragte Mia überrascht: »Deine Eltern kommen nicht?«

»Kreuzfahrt zu den Seychellen. Die zwei brauchten mal eine Auszeit für sich«, erklärte James schlicht und half ihr aus der Jacke.

Mia hatte sich für diesen Abend für ein dunkelblaues Blusenkleid entschieden, dazu dezenten Goldschmuck und ihre braunen, flachen Stiefel. Ihre blonde Kurzhaarfrisur hatte sie fransig gestylt. Make-up benutzte sie wenig, allein ihre Augen betonte sie. Sie sah schick aus, ohne aufgedonnert zu wirken. Und James schien es tatsächlich zu gefallen, so wie er sie von oben bis unten musterte. Sein Blick ließ ihr einen angenehmen Schauer über den Rücken laufen. Was sie versuchte, sich nicht anmerken zu lassen, weshalb sie eilig umherschaute.

Die Party war bereits im vollen Gange. Vermutlich waren sie die letzten. Überall hörte man Gelächter, lautes Stimmengewirr und leise Musik. Maude hatte die Angewohnheit, klassische Musik zu spielen. Die vier Jahreszeiten von Vivaldi standen ganz oben auf ihrer Favoritenliste.

Mia entdeckte zahlreiche bekannte Gesichter. Etliche der Gäste waren schick gekleidet, andere wiederum hatten sich für einen legeren Look mit Weihnachtspullis entschieden. Unter den Gästen fand Mia weitestgehend freundliche Gesichter, unter anderem Becky und Silvia, oder wie James sie nannte: die Hyänen. Zusammengegluckt schlürften sie in einer lauschigen Ecke Eierpunsch, während sie sie aus der Ferne unschuldig beäugten. Ohne Zweifel würde sich dies im Laufe des Abends ändern. Vorsicht war geboten, zumindest für James. Zumal Janine Cartwright ihn gerade entdeckt hatte und ihn förmlich abscannte.

Nachdem James seine Jacke nun ebenfalls aufgehängt hatte, blickte auch er über das bunte Treiben. »Ich weiß zwar nicht, ob wir uns freuen sollten, aber …«, sagte er spitzbübisch und hielt ihr herausfordernd den Arm hin.

Mia hakte sich bei ihm unter. Sie grinste und murmelte, sodass nur er es hören konnte: »Lasst die Spiele beginnen.«

Die erste Stunde war wie im Flug vergangen. Mia hatte mit vielen ihrer Nachbarn gesprochen. Die meisten kannte sie schon von klein auf. Überdies hatte Maude einen Neuzugang aus ihrer Straße eingeladen. Ein junges Pärchen, mit denen sie sich bislang flüchtig auf der Straße gegrüßt hatte. Derick war ihr im Verlauf des Gesprächs zunehmend unsympathischer geworden, da er seine Freundin Alma herablassend bevormundete. Dagegen war ihr Alma sehr sympathisch. Keine Ahnung, warum sie mit einem solchen – Mia musste es leider sagen – *Kotzbrocken* zusammen war.

Bei all ihren Unterhaltungen war James oft an ihrer Seite gewesen, hatte ihr Punsch besorgt und sogar zwei kleine Stücke ihres eigenen Walnuss-Pies organisiert, eins für jeden von ihnen. Doch zum Reden, sodass sie sich hätten besser kennenlernen können, schließlich kannten sie gegenseitig nur ihr junges Ich, waren sie nicht gekommen. Dabei hatte Mia genau das insgeheim gehofft. Es wäre schön, mehr über ihn zu erfahren. Wer wusste es schon, vielleicht würden sie aufs Neue Freundschaft schließen.

Zurzeit stand Mia mit Becky allein in der Nähe des imposanten Weihnachtsbaums im Wohnzimmer. James war verschwunden. Ebenso wie Silvia, die normalerweise hartnäckig an Becky klebte wie die rote Karamellschicht an einem Paradiesapfel.

Die letzten fünf Minuten hatte sie eine Befragung zu ihrem nicht existenten Liebesleben über sich ergehen lassen.

»Schade, meine Liebe, dabei hat Jolly Tree so viele tolle Männer zu bieten. Oder nicht?«, versuchte es Becky erneut.

Mia musste sich ernsthaft ein Augenrollen verkneifen, auch wenn sie gleichzeitig schmunzeln musste. Denn Becky, wie sie dastand und wieder einmal eifrig versuchte, das Liebesglück eines Singles in Jolly Tree anzukurbeln, wirkte einfach süß. Okay, ihres und Silvias Gegacker dabei war zuweilen anstrengend. Es war klar, warum James sie so nannte. Andererseits, gemein waren sie eigentlich nie.

Eigentlich … Das Eigentlich ergab sich im Folgenden, die Ereignisse dazu überschlugen sich.

James war an ihre Seite zurückgekehrt und lächelte ihr mitleidig zu. Keine Sekunde später, wie von Geisterhand, stand obendrein Silvia neben ihr, die sich überschwänglich über James' Anwesenheit freute und dabei – schwupp – einen ordentlich Schwapp Eierpunsch auf ihr Kleid verteilte.

Mia spürte die kalte Flüssigkeit langsam in ihr Kleid sickern. Der Eierpunsch war auf ihrem geschlossenen Dekolleté gelandet, befeuchtete allerdings schon ihren Busenansatz.

»O mein Gott! O mein Gott!«, schrie Silvia wie von der Tarantel gestochen auf. »Himmel, ist mir das peinlich! Entschuldige. Das tut mir schrecklich leid.« Sie schlug eine Hand vor den Mund und guckte peinlich berührt von links nach rechts.

Die Frau war gut. Hätte Mia nicht gewusst, wen sie vor sich stehen hatte, hätte sie es ihr vielleicht abgenommen.

Becky reichte ihr eine Serviette. Ein Notbehelf. »Komm, Liebes, geh lieber in die Küche und mach dich frisch!«, wies sie sie an. »Und James, mein Lieber, hilf bitte deinem Gast«, sagte sie ungerührt, als wüsste nicht jeder, was sie damit bezweckte. Was waren die zwei für ein Duo!?

In der Küche, in der das Büfett aufgebaut war, jedoch momentan Ruhe herrschte, reichte James ihr einen kleinen Lappen.

Mia befeuchtete das Tuch und begann das Desaster notdürftig zu entfernen. Sie schwieg. Noch immer ging ihr vieles durch den Kopf. Warum zum Teufel hatten die beiden ausgerechnet sie ausgesucht? Warum nicht Janine Cartwright oder Dorothee Doole? Das hatte man davon, wenn man einem alten Freund einen Gefallen tat. Mia war wütend und außerdem ein klein wenig niedergeschlagen. Da ging sie seit Ewigkeiten einmal auf eine Party und dann passierte ausgerechnet so etwas.

»Alles okay?«, erkundigte sich James leise. Er lehnte neben ihr an der Spüle und blickte sie mitfühlend an.

Wie lange hatte sie geschwiegen? Mia wusste es nicht.

»Ja, alles halb so wild. Zugegeben, etwas peinlich. Ich bin nicht gerade ein Fan von Aufmerksamkeit, aber das Kleid kann ich waschen und … und … Ich dachte nur …«

»Du dachtest was?«, fragte er eindringlich und rückte ein Stückchen näher.

»Eigentlich dachte ich, dass *ich* mir keine Sorgen machen muss wegen … wegen –«

»Der Hyänen«, ergänzte James schmunzelnd ihren Satz. Er hatte anscheinend kein Problem damit, sie derartig zu bezeichnen. Okay, vielleicht hatten sie es augenblicklich verdient.

»Ja. Ich dachte, du oder Dorothee würdet in ihrem Fokus stehen. Dass sie sich vielleicht mich aussuchen, hatte ich nicht einberechnet.« Mia schaute abwesend zu Boden.

»Mia?«, sagte er und wartete darauf, dass sie ihn ansah.

Langsam hob Mia ihren Blick. Zunächst schaute sie auf seinen anthrazitfarbenen Pulli, unter dem er locker ein ebenfalls dunkles Hemd trug. James hatte über die Zeit die Ärmel hochgekrempelt und demzufolge blickte Mia nun auf zwei kräftige, übereinander gefaltete Unterarme. Überhaupt, der Mann war unfassbar gut gebaut. Der Pulli spannte genau an den richtigen Stellen. Mia schluckte unbewusst. Was ihr hingegen völlig bewusst war, war seine Gegenwart und sie wusste, wenn sie ihn ansah, lief sie bestimmt rot an. Er stand dermaßen dicht bei ihr. Sie konnte seine Wärme spüren.

Und dann geschah etwas … Etwas, mit dem sie niemals gerechnet hatte. Sanft lehnte James seine Stirn an die ihre. »Weiß du, es war vollkommen klar, dass sie dich ausgesucht haben.«

»Was?« Mia konnte nicht glauben, was sie hörte. Aus Reflex wollte sie aufblicken, als plötzlich die Tür zur Küche schwungvoll geöffnet wurde.

Hastig schreckten die beiden auseinander.

Und siehe da. Janine Cartwright war zur Stelle. Wie damals zu ihrer Schulzeit, immer genau dann, wenn man sie nicht brauchte.

»James, da bist du ja. Ich habe dich gesucht«, sagte sie, als hätten sie eine Verabredung, und kam zu ihnen. Natürlich hatte sie bemerkt, dass die beiden eng beieinander gestanden hatten, ignorierte es jedoch. – Janine war mit ihren siebenundzwanzig Jahren eine konservative Person, was natürlich nicht weiter schlimm war, wäre sie nicht herablassend zu jedermann, der ihr nichts einbrachte. Wie an jedem Tag trug sie Kostüm, heute in Beige, und auffälligen Perlenschmuck. Das einzig moderne Zugeständnis waren ihre falschen Wimpern, die leider unnatürlich mit ihren Lidern wippten.

Mia fühlte sich schlecht, auf solch eine Weise über eine andere Frau zu denken. Sie fand es toll, wenn sich Frauen gegenseitig unterstützten – insbesondere in der Buchwelt, in der sie privat und im Job zu Hause war, hatte sie ganz wunderbare Erfahrungen gemacht –, demgegenüber konnte sie an Janine zu ihrem Bedauern nicht viel Positives entdecken. Sie hatte es versucht und letztendlich irgendwann aufgegeben.

»Was kann ich für dich tun?«, fragte James höflich.

»Ich wollte plaudern, der alten Zeiten wegen«, säuselte sie und schmiegte sich an seine Seite.

Die Frau hatte vielleicht Nerven. Und überhaupt, was für alte Zeiten? James hatte nie etwas mit ihr gehabt. Oder doch?

James verzog keine Miene, entwand sich allerdings ihrem Griff und ging zur Kücheninsel, auf der das Essen stand. Er nahm sich ein gefülltes Eclair und stopfte es sich in einem Happs in den Mund. Auf die Art konnte man auch zum Ausdruck bringen, dass man keine Lust hatte, zu *plaudern*.

»Es kommt mir vor, als wäre es gestern gewesen, wie wir alle als Kinder zusammen gespielt haben«, setzte sie weiter fort. – Was nie vorgekommen war, da die meisten Kinder sie zickig gefunden und nicht gemocht hatten. – »Schade, dass wir uns durch unser Studium aus den Augen verloren haben. Aber was mich angeht, das College hat mein Leben verändert. Ich bin gereift und so viel klüger«, sagte sie und lachte auf. »Und mein erster Job in Boston! Meine Güte. Mein damaliger Boss, Greg, er war begeistert von mir. Ich bin sofort zur Produktmanagerin aufgestiegen. Hach …«

Aha … und was machte sie dann zurück in Jolly Tree, einem Provinznest in Vermont. Wem, glaubte die Frau, konnte sie diese Story verkaufen? Mia schaute verstohlen zu James, der mittlerweile über ein Macaron herfiel. – Der Mann stand eindeutig auf Süßkram. – Sie grinste ihm verstohlen zu. Weder sie noch er hatten bislang einen Ton gesagt, aber das störte Janine anscheinend wenig.

James erwiderte ihr Grinsen, was Janine nun mitbekam und ihr ganz offensichtlich nicht schmeckte.

Abrupt wechselte sie das Thema und richtete ihre bissigen Worte an Mia. »Und was hast du an Weihnachten vor?« Wohl wissend, dass Mia vor zwei Jahren ihre Tante und damit ihre einzige Verwandte verloren hatte, Single war und Weihnachten folglich allein verbringen würde.

Mia fühlte einen Stich. *Das* war einfach nur boshaft. Trotzdem, irgendwie verlieh ihr Janines Kommentar auch Antrieb. »Ich freue mich auf Weihnachtsfilme, selbst gemachte Lasagne und mein Bett. Ich werde so viel schlafen, wie ich kann«, entgegnete sie fröhlich.

»Lasagne!?«, echote James begeistert. Er machte fast den Eindruck, als würde er sich gern selbst einladen.

Mia nickte zufrieden. Sie freute sich darauf, es war Tradition.

Janine hingegen schnaubte. »Na ja … Ich gehe zu meinen Eltern. Mutter macht ihren berühmten Rosmarinbraten«, kommentierte sie hochnäsig. »Und ich freue mich wahnsinnig auf meine Geschenke«, verkündigte sie beinahe wie eine Zehnjährige.

»Also ich habe mir einen Gameboy gewünscht«, erwiderte James trocken, woraufhin Janine desinteressiert den Kopf schüttelte.

Mia sah ihn perplex an. Sie verstand erst nicht. Bis der Groschen fiel. Es war ein Scherz. Natürlich wünschte er sich keinen Gameboy. Er nahm lediglich Janine aufs Korn, die es nicht verstand. Unwillkürlich lachte sie auf und biss sich schnell auf die Lippe.

Janine bezog dieses Lachen auf sich und schaute sie böse an. »Und was wünscht du dir?«, fragte sie giftig.

Für einen kurzen Moment fiel Mia wirklich alles aus dem Gesicht. Wie konnte man bitte schön derart ätzend sein!? Janine wusste ganz genau, dass sie keine Geschenke zu erwarten hatte. *Das* war ein absoluter Tiefschlag. Und für sie war es die Absolution, sich keine Mühe mehr mit ihr geben zu müssen. Nur, was antwortete sie jetzt? Sie hatte ohnehin gezögert. Mia sprach das aus, was ihr als Erstes in den Sinn kam. »Um ehrlich zu sein, ich habe keine Wünsche. Mein Leben ist schön, wie es ist. Ich habe einen tollen Job, der eigentlich mein Hobby ist. Ich wohne in dem tollsten Haus, das ich mir vorstellen kann. Und ich habe liebe Freunde. Einen Kater.« Okay, das hätte sie sich sparen können, sie wollte nicht wie eine verrückte Katzenlady klingen. »Aber wenn ich mir etwas wünschen dürfte …« Mia lächelte in sich hinein, es war ihr egal, dass sie mit Janine sprach. »dann, dass ich nicht jeden Morgen im Winter Schneeschippen muss. Und Cronuts zum Frühstück. Und Tee. Und ein Feuer im Kamin, damit ich beim Frühstücken davor lesen kann«, schloss sie ihr Plädoyer und grinste bis über beide Ohren. Denn sie wusste, irgendwann, vielleicht nicht jetzt, aber irgendwann würde es so sein. Und vielleicht, ganz vielleicht hörte sie der liebe Santa am Nordpol.

Zwei Stunden später verfiel Mia nicht nur in eine Art komatösen Wachzustand, weil sie zu viel vom Kuchen genascht hatte, sie war schlichtweg reizüberflutet. Sie mochte die Menschen aus der Primrose Lane, allerdings die Lautstärke und das viele Gewusel waren nicht ihres. Sie hatte sich von Maude und Vinny verabschiedet und war eben zur Tür hinaus.

James war seit einer halben Stunde wie vom Erdboden verschluckt. Kurz hatte sie ihn mit Dorothee reden und spaßen sehen und auch Janine hatte erneut ihr Glück versucht, aber danach … Ihr war nichts anderes übrig geblieben. Sie hatte sich per WhatsApp verabschieden müssen und ihm eine schöne Weihnacht gewünscht.

Was sich für sie irgendwie falsch anfühlte. Generell fühlte sie sich komisch, verwirrt. Sie hatte keine Ahnung, woran sie war. Was wollte James? Wollte er mit ihr befreundet sein? Bloß, was war das dann in der Küche gewesen …? Als er seine Stirn an die ihre gelegt hatte, war ihr kurz das Herz stehengeblieben. Das hatte doch etwas zu bedeuten, oder nicht? Irgendwie kam sich Mia blöd vor, zu hoffen, dass er sie mochte. Sie kannte ihn kaum, nicht richtig und dennoch *wollte* sie, dass er sie ebenso mochte. Sie mochte es in seiner Nähe zu sein. Auch wenn sie meist fürchterlich aufgeregt war, sie fühlte sich in seiner Gegenwart wohl. Was wirklich vollkommen widersprüchlich war.

Nicht zu vergessen, James hatte mit Dorothee, wohlgemerkt der Blaubeer-Königin von 2010, anscheinend wirklich

Spaß gehabt. Was machte sie sich demnach überhaupt Gedanken?

Mia seufzte schwer.

»Du haust einfach ab!?«, tönte es mit einem Male hinter ihr.

Erstaunt wirbelte Mia herum.

»Wolltest du dich gar nicht verabschieden?« Mit selbstbewussten Schritten kam James auf sie zu. Lediglich im Pulli, ohne Jacke. Er schien verwundert.

»Ich habe dir doch eine Nachricht geschrieben«, rechtfertigte sie sich mit einem Stirnrunzeln.

»Hm?« Eilig schaute er auf sein Handy. »Sorry, hab ich nicht gesehen. Ich habe mit meinen Eltern in Vinnys Büro gezoomt. Und danach hat mir Maude gesagt, du seist gegangen. Egal, jetzt bringe ich dich nach Hause.« Lächelnd verkündete er: »Das gehört sich so.«

»Es sind fünf Meter zu meinem Haus«, wies sie ihn hin, konnte sich aber ein Schmunzeln nicht verkneifen. Im selben Moment fiel ihr ein, dass er bei Minusgraden nur im Pulli unterwegs war. Sie setzte gerade an.

»Wusstest du, dass euer Haus immer mein Lieblingshaus in der Straße war?«

Mia hob eine Augenbraue. Maudes Haus war wunderschön. Ihres dagegen klein und kompakt, dafür einfach süß.

»Ich mochte es, im Sommer auf eurer Veranda zu sitzen. Stacy hat uns dann immer mit Cookies versorgt und sie hat uns erlaubt, Cola zu trinken«, erklärte er bedeutungsvoll.

»Du bist ja leicht zufriedenzustellen«, schlüpfte es ihr im Spaß über die Lippen, woraufhin er eine Braue lupfte.

»Glaub mir, ich bin ein sehr anspruchsvoller Mensch.« Wieder lächelte er auf diese Art. Eine Art, die ihr ein aufregendes Flattern im Bauch bescherte. Und dennoch ... »Hör mal. Es ist wirklich kalt. Du solltest reingehen. Außerdem, ich bin mir sicher, du wirst schon vermisst. Dorothee. Janine«, sagte sie betont locker und hoffte, dass es ihr auch gelang.

»Janine!?«, spuckte er förmlich aus. »Janine kann mich mal. Sie ist immer noch genauso abgebrüht wie früher. Sie hat mich belabert, dass ich ihr einen Job bei Vinny besorgen soll. Von wegen erfolgreich in Boston. Ihr wurde gekündigt. Weshalb auch immer. Und was Dorothee anbelangt. Sie hat gefragt, ob ich ihrem kleinen Wirbelwind Nachhilfe geben kann. Und die Antwort war, so leid es mir tut, ein Nein, weil ich derzeit keine Luft habe.«

Mia fragte sich, warum er keine Zeit hatte, allerdings beschäftigte sie Dorothee mehr. »Die Arme hat es nicht leicht.« – Dorothees Mann hatte sie mit ihrer Tochter sitzen gelassen. Jetzt schlug sie sich allein durch. Die Arme musste einiges schultern: Job, Haushalt, sich um ihr Kind kümmern, die Erziehung. Mia hatte Hochachtung vor Alleinerziehenden. Sie wusste, wie es für Stacy gewesen war, als sie von dem einen auf den anderen Tag bei ihr einzog. Ihre Eltern waren bei einem Verkehrsunfall ums Leben gekommen. Sie selbst war damals acht gewesen, ein Alter, wo man schon vieles mitbekam.

»Ich weiß. Ich habe ihr einen guten Schüler aus dem Abschlussjahrgang empfohlen. Er wird ihrer Tochter helfen und er ist günstiger.«

Das Gespräch kam nun ins Stocken und da sie vor Mias Haus angekommen waren, blieben sie stehen.

»Danke fürs Bringen«, versuchte sich Mia zu verabschieden und um die aufgekommene Stille zu füllen.

»Gern. Was machst du die Tage?«, fragte er, als wäre nichts dabei.

Fragte er einfach aus Interesse oder fragte er sie nach einem Date? Da Mia es nicht wusste, druckste sie herum: »So dies und das.«

»Also, ich finde …« Er rückte ein Stückchen näher. »Weihnachtselfen sollten zu dieser Jahreszeit nicht allein sein.« Klar, er spielte auf ihren Pulli an. »Überhaupt, seid ihr keine Rudeltiere?«, erkundigte er sich amüsiert, mit einer Spur Arroganz in der Stimme.

Das war frech und aus irgendeinem Grund spornte es sie an, ebenso frech zu antworten. »Ich teile dir hiermit hochoffiziell mit, dass die Elfenvereinigung tief beleidigt ist. Rentiere sind Tiere. Ja. Elfen gehören zu der besonderen Spezies der Weihnachtswesen mit Magie.«

Das ließ James nicht gelten. »Aber Rentiere können fliegen.«

»Ja, aber nur, weil Santa ihnen das goldene Heu am Weihnachtsabend zu fressen gibt. Elfen hingegen haben die Magie im Blut«, deutete sie voller gespieltem Stolz.

James nickte einsichtig sowie anerkennend und erwiderte mit einem Klang aus einer längst vergangenen Zeit: »Verstehe, eure Hochwohlgeborenheit.« Mit einem Diener verbeugte er sich vor ihr.

Gerade so in Stimmung, führte Mia ihr Spiel weiter fort. »Danke. Und nun, Bursche, zurück zu eurem Feste. Für heute seid ihr von euren Diensten befreit.«

»Sehr wohl, Mylady-Elf. Aber wenn … zögert nicht, mich zu rufen. Ich bin zu Diensten. Jederzeit.« Und mit gedämpfter Stimme fügte er hinzu. »Egal, wonach es euch verlangt. Habt süße Träume, Mylady-Elf.« Er grinste teuflisch, ehe er sich abwandte.

Wie war das mit den Wollsocken?

Süße Träume hatte Mia gehabt. Von einem gewissen Jemand, der sich gar nicht so süß verhalten hatte, sondern ziemlich heiß.

Mia wachte aufgewühlt, erregt auf, sich fragend, wo sie sich befand. Bilder ihres Traums mischten sich mit denen der Gegenwart. Sie erkannte ihre cremefarbene Biber-Bettwäsche, die bestimmt Schuld war, weshalb sie schwitzte. Sie sah verblassende Umrisse eines Kissenbergs auf ihrer Veranda im Frühling. Sie spürte seine … Erschrocken richtete sie sich auf.

Scheiße! Sie hatte Sex gehabt. Mit James! Am helllichten Tage. Mitten auf ihrer Veranda. Praktisch für jedermann sichtbar.

Okay, davon hatte sie in ihrem Traum nichts mitbekommen. Er und sie waren allein gewesen. Und leider war auch der Orgasmus ausgeblieben, sie war vorher aufgewacht. Aber … holy moly.

Mia grinste verstohlen und rieb sich den verschwitzten Nacken. Sogleich ließ sie sich in ihre Kissen zurückfallen. Sie schaute zur Seite, auf ihren Wecker. Es war bereits neun Uhr. Derart lange hatte sie seit Ewigkeiten nicht mehr geschlafen. Sie streckte sich genüsslich und spielte mit dem Gedanken, allein dort weiterzumachen, wo ihr Traum geendet hatte, als sie plötzlich ein Geräusch vernahm.

Ein lautes Kratzen.

In der Nähe ihres Hauses.

Da! Wieder.

Merkwürdig … Das Geräusch ließ Mia wacher werden.

Sie runzelte die Stirn, schlüpfte kurzerhand in ihre Pantoffel und sah aus dem Fenster. Von dort blickte sie auf das Nachbargrundstück. Niemand war zu sehen, was kein Wunder war, denn es schneite heftig. Frau Holle leistete offenkundig Schwerstarbeit. Unzählige dicke Flocken rieselten zur Erde hinab.

Aber das Kratzen nahm kein Ende.

»Komisch …«, murmelte sie in sich hinein und ging ins Wohnzimmer.

Fox, den das Geräusch ebenfalls aufgeschreckt hatte, kam auf sie zu und schlängelte sich um ihre Beine. Mia beugte sich zu ihm hinab und streichelte ihm über das Köpfchen und unter dem Kinn. Er schnurrte verliebt.

Kratz. Kratz.

Das Kratzen war jetzt so laut, so nah, dass Fox erschrocken das Weite suchte.

Mia hingegen eilte zur Tür, riss sie auf und wäre beinahe über etwas gestolpert.

Vor ihr, auf der Fußmatte lag eine weiße Plastiktüte. Kleine Wassertropfen perlten an ihr hinunter.

Das Erstaunliche war jedoch nicht die Tüte, sondern das, was nicht mal sieben Meter von ihr entfernt geschah.

James Wilder schippte Schnee. Auf ihrem Weg. In diesem Wahnsinns-Wetter. Der Mann war verrückt.

Mit einem »Fröhliche Weihnachten!«, begrüßte er sie und grinste selbstbewusst, diebisch. Eine Kombination, die ihr die Knie weich werden ließ. »Machst du schon mal Kaffee? Oder in deinem Fall, Tee. Ich bin gleich fertig«, ergänzte er und machte direkt weiter.

Mia stand da und starrte ihn an. Wohlgemerkt stand sie da in ihrer Leggings und ihrem übergroßen T-Shirt, das sie zum Schlafen trug. Ohne Zweifel standen ihre Haare in sämtliche

Richtungen. Und ganz bestimmt stand ihr Mund offen. Sie musste ein verdammt gutes Bild abgeben.

Typisch! Der Mann sah aus wie ein fleischgewordener Traum und sie wie eine zerknitterte Katastrophe.

Wie benommen ging ihr Blick zu der mitgebrachten Tüte. Sie spinkste hinein. Mia konnte es nicht glauben. Irgendwie, irgendwo hatte er Cronuts aufgetrieben.

Und ganz langsam sickerte die Erkenntnis in ihr Gehirn.

O mein Gott!

Er hatte ihr ihren Weihnachtswunsch erfüllt! Sie hatte es gestern nur zum Spaß zu Janine gesagt und trotzdem hatte er sich jedes Wort gemerkt. Es war der 25. Dezember, es war Weihnachtsmorgen und das war ihr Geschenk.

Mia musste unwillkürlich grinsen. Doch zum Trödeln war keine Zeit. Sie schnappte sich die Tüte und eilte hinein.

Okay …! Sie musste Kaffee kochen und sich fertig machen.

Sie wusste nicht, wie sie es bewerkstelligt hatte, aber nach fünf Minuten hatte sie sich etwas anderes angezogen, sich die Zähne geputzt und sich halbwegs anständig hergerichtet.

Sie stürmte in die Küche und setzte Wasser auf. Vom Küchenfenster aus betrachtete sie James bei der Arbeit und mit einem Male erfüllte ein warmes Gefühl ihr Sein. Ein Gefühl, wie sie es schon lange nicht mehr empfunden hatte. Herrje, sie steckte wirklich in Schwierigkeiten.

Fünf Minuten später klopfte es an der Tür.

Mia öffnete ihm.

»Heute kein Weihnachtself?«, war seine gespielt enttäuschte Begrüßung.

Heute hatte sich Mia für einen blauen Strickpulli entschieden. Blau war ihre Farbe. Allerdings spielte dies gegenwärtig keine Rolle. Mia war damit beschäftigt, seinen dunkler gewordenen Bartschatten zu bewundern. »Nein«, antwortete sie flüchtig, zuckte mit den Schultern und bat ihn herein.

James zog schnell seine dicken Winterstiefel aus. Sie triefen vor geschmolzenem Schnee.

Und was Mia dabei entdeckte, zauberte ihr ein weiteres Grinsen auf das Gesicht. James hatte tatsächlich dicke Wollsocken an. Blau-in-Blau-gekringelte. Solche, die sie kannte. Solche, die Stacy gestrickt und in alle Himmelsrichtungen verschenkt sowie verkauft hatte. Mit Sicherheit hatte ihn ein solches Paar erreicht.

»Hättest du vielleicht ein T-Shirt für mich?«, bat James, nachdem er die Tür geschlossen und seine Jacke aufgehängt hatte. Seine Haare und der Kragen seines Pullovers waren durchnässt.

Mia schaute auf. »Ja … ja, klar. Ich hol dir ein Handtuch und ein Shirt. Ach ja, und sollte dir Fox über den Weg laufen. Er tut nichts«, erklärte sie wie aus einer Art Reflex.

James schnaubte. »Warnst du mich etwa gerade vor deiner Katze?«, fragte er amüsiert.

»Es gibt Menschen, die haben fürchterlich Angst vor Katzen«, bemerkte sie trocken. Ihre Augen funkelten.

James verschränkte die Arme vor der Brust.

Das sagte dann wohl alles.

Keine Minute später war sie zurück. Und zum zweiten Mal an diesem Morgen blieb ihr tatsächlich der Mund offen stehen.

Mit nacktem Oberkörper zündete er ein Feuer im Kamin an. Augenblicklich fühlte sich Mia in eine Folge von *The Witcher* katapultiert. Anscheinend hatte dieser Mann kein Gramm Fett am Körper. Dafür Muskeln an genau den richtigen Stellen. James hatte ein breites Kreuz, toll definierte Oberarme und einen Waschbrettbauch … Sein ganzer Anblick kam verdammt nah an ihre Fantasie der vergangenen Nacht …

»Ich hoffe, es stört dich nicht, dass ich den Kamin anmache?«, holte James sie in die Realität zurück und lächelte wissend.

O nein! Wie peinlich. Mia wurde rot. Schnell wandte sie sich ab und streckte nur ihren Arm aus, um ihm das T-Shirt und das Handtuch zu reichen. »Nein. Nein. Das ist super«, stammelte sie.

»Danke!« Er griff nach beidem und rubbelte sich zunächst die Haare trocken. »Wie kommt's, dass du überhaupt so große Shirts hast?«, wollte er wissen. »Das sind aber nicht die abgetragenen Teile von deinem Ex? Dann verzichte ich nämlich lieber«, schob er im Spaß hinterher.

Mia schaute zu ihm und gleich wieder weg. Er stand noch da mit nacktem Oberkörper. Meine Güte! Sie war wirklich ein Huhn. Und sie musste etwas sagen. »Nein. Die habe ich mir selbst gekauft. Zum Schlafen. Du kannst es also vorbehaltlos anziehen.« Jetzt musste sie doch amüsiert mit dem Kopf schütteln. »Es ist nicht kontaminiert.«

Nach einer Stunde, drei Cronuts und diversen Tees und Kaffees später saßen Mia und James noch immer vor dem Kamin im Wohnzimmer. James hatte darauf bestanden, dass sie hier frühstückten. Weil so hatte sie es sich schließlich gewünscht. Okay, vielleicht konnte sie nicht lesen, weil er dort war, wobei die Alternative gefiel ihr. Sogar sehr gut.

Es war schön mit ihm zu reden, viel einfacher und besser als gedacht. Es war, als redete sie mit dem alten James von früher, der bloß gereift war und gleichfalls seine Erfahrungen gemacht hatte. Er spaßte viel und das vertrieb wie von selbst ihre Nervosität.

Momentan sprachen sie über eine ihrer Auftragsarbeiten, die Anfang November erschienen war.

»Fantasycover sind super aufwendig. Dafür muss ich in meinem Programm sehr viele Ebenen anlegen und miteinander verzahnen. Aber wenn dann alles passt, ist das Endergebnis wunderschön.« Mia liebte es über ihre Arbeit zu sprechen. Sie ging darin auf.

James wollte es sehen. »Hast du ein Belegexemplar da?«

»Sicher.« Mia holte es ihm.

Das Cover war auf den ersten Blick Weiß in Weiß, nichtsdestotrotz zog es den Betrachter sofort in seinen Bann. Die Besonderheit, es wirkte fast dreidimensional. Um das zu erreichen, brauchte Mia etliche Stunden.

Anerkennend strich James über das Buch. »Der Wahnsinn …« Eine Zeit lang schaute James nachdenklich auf den Bestseller in seinen Händen. Er überlegte sichtlich, ob er weitersprechen sollte. »Machst du eigentlich auch Cover für historische Romane?«, fragte er schließlich.

»Jaaa.« Mia ahnte, was dahinter steckte. Er hatte sie vieles gefragt. Die meisten Männer, die sie kennengelernt hatte, schalteten bei diesem Thema bereits nach den ersten zwei Minuten ab. Nicht James.

»Okay. Ich mache es kurz und schmerzlos«, sagte er mehr zu sich selbst als zu Mia. »Würdest du auch ein Cover für mich machen?«

Mia fühlte sich geschmeichelt, besonders weil er gezögert hatte, darüber zu sprechen. »Natürlich! Wenn … du dir mich leisten kannst«, erwiderte sie salopp, weil sie in seinen Augen eine Spur Unsicherheit vernahm. Sie wollte sie ihm nehmen.

»Ich dachte das Schneeschippen? Die Cronuts?«, gab er locker zurück.

»Haha! In deinen Träumen.« Mia war richtig aufgetaut. Er machte es ihr leicht. »Aber jetzt erzähl mal! Worum geht's?«

»Die Geschichte spielt zur Zeit der Besiedlung Nordamerikas. Es geht um eine junge Heldin, die sich hier ein Leben aufbaut. Es geht um Machtgefälle. Arm und Reich. Und um das Thema Völkervertreibung. Ich habe sehr viel recherchiert. Mein Ziel ist es, eine Geschichte zu schreiben, die die Menschen begeistert und gleichzeitig zum Nachdenken anregt. Na ja, und was soll ich sagen, drei Viertel der Geschichte ist fertig.«

Mia war schlichtweg begeistert. Wenn jemand in der Lage wäre, darüber zu schreiben, dann ja wohl er als Geschichtslehrer. Darüber hinaus hatte sie so eine Ahnung … »Ich hole meinen Laptop«, verkündigte sie knapp und lächelte ihm ermutigend zu. »Ich finde, wir sollten direkt anfangen.«

Das Lächeln, das er ihr jetzt schenkte, war atemberaubend.

Mia und James hockten dicht beieinander. Fox, der den Neuankömmling zunächst kritisch beäugt hatte, lag nun neben ihm und ließ sich streicheln. Fox war vielmehr wie ein Hund als ein Kater. Für eine Schmuseeinheit tat er alles. Sein stetes Schnurren erfüllte den Raum.

Mia hatte sich unzählige Notizen gemacht, die sie gerade im Stillen sortierte. Sie freute sich darauf, das Cover zu gestalten. Insbesondere, da es für einen Freund war. Einen Freund … Irgendwie war James in dieser kurzen Zeit wieder zu einem Freund geworden. Heimlich spinkste sie zur Seite. Sie spürte seinen Oberschenkel, seinen Arm nur zu deutlich an ihrer Seite. Spürte seine Wärme. Und sie wusste, dass sie viel mehr empfand als das. Sie seufzte.

Und mit einem Male geschah etwas, womit sie nicht gerechnet hatte.

Mia sah James' Hand, die bislang entspannt auf seinem Oberschenkel geruht hatte, langsam zu ihr hinüberwandern. An der Grenze zwischen ihrer beiden Körper stoppte sie.

Wie gebannt schaute sie auf seine Hand. Himmel! James hatte tolle Hände. Groß, schlank und gepflegt. Sie erinnerte sich, wie sich diese Hände in ihrem Traum auf ihrer Haut angefühlt hatten und sie musste schlucken.

»Mia?«, sagte er sanft.

»Mhm?«, erwiderte sie beinahe zitternd.

Es verging eine Sekunde, dann zwei. Plötzlich zog James seine Hand unvermittelt zurück. Er räusperte sich. »Ich glaube, ich muss dir was sagen.« Seine Stimme klang ernst, ganz anders wie zuvor.

Ein Umstand, der Mia alarmierte.

Er nahm Fox auf und setzte ihn zu Boden.

Fox quittierte sein Verhalten mit einer miesepetrigen Schnute.

James kümmerte es wenig. Er rückte ein Stück ab und setzte sich seitlich. Er wollte ihr anscheinend gegenübersitzen, für das, was er ihr zu sagen hatte. Mit konzentrierter Miene begann er sich zu erklären. »Ich muss dir etwas gestehen.« Unverwandt blickte er in ihre Augen. »Eigentlich sind es zwei Dinge. Und ich denke, ich sollte es jetzt tun, ehe es irgendwann zu spät ist.«

James' Worte machten Mia immer neugieriger und sie ließen sie unsicher werden. Was zum Teufel musste er gestehen?

»Also es gibt einen Grund, warum ich vor zwei Tagen bei dir an die Tür geklopft habe.« Es war der Abend gewesen, als er ausgerutscht und sich den Fuß vertreten hatte. »Scheiße, Mann, ich dachte nicht, dass das so schwer wird«, fluchte er über sich selbst und beeilte sich daraufhin zu sagen: »Ich bin @books_in_nature_vermont. Und ich habe nur an deine Tür geklopft, weil ich dich im Supermarkt gehört habe. Ich wusste, dass deine Freundin dir abgesagt hatte. Es tat mir leid. Also lud ich dich ein.«

Mia war wie von Sinnen. Tausend Gedanken, Bilder, Satzfragmente fegten alle auf einmal durch ihren Kopf. Und das erste klare Wort, das sich in ihrem Bewusstsein bildete, war *Mitleid*. Er hatte lediglich Mitleid mit ihr gehabt. Er hatte sie gehört und aus einem ihr unerklärlichen Grund, hatte er sie nicht sich selbst überlassen.

Unbewusst war Mia von ihm weggerückt. Tränen stiegen ihr in die Augen. Sie bekam es einfach nicht zusammen. Ein abwesendes, geflüstertes »Mitleid« kam ihr über die Lippen.

James ließ es nicht zu, dass sie sich von ihm entfernte, und rückte auf. »Es war kein Mitleid, Mia. Hast du nicht gehört, was ich gesagt habe? Ich bin @books_in_nature_vermont.«

Mia blinzelte. Sie bemühte sich, zu verarbeiten, was er gesagt hatte, jedoch hielten ihre Emotionen sie in einem Strudel der Verwirrung gefangen. @books_in_nature_vermont … @books_in_nature_vermont … Sie schrieb sich gern mit ihm. Er war nett. Er selbst hatte ebenfalls eine Verabredung am

Weihnachtsabend gehabt. Er wollte jemanden treffen. Jemand Besonderen … Überrascht legte Mia eine Hand auf den Mund. War sie etwa gemeint gewesen? Vorsichtig schaute sie zu ihm.

James rückte weiter vor und lächelte zerknirscht. Er war ihr jetzt dermaßen nah, dass sie seinen Atem auf ihrer Haut spüren konnte. »Es tut mir leid. Ich hätte es dir viel früher sagen müssen. Von Anfang an. Aber ich wollte anonym bleiben, als ich meinen Feed gestartet habe. Ich wusste nicht, in welche Richtung sich das mit meinem Buch entwickelt. Und später, als ich dich entdeckt habe ... Ich mochte deine Beiträge, deine Storys und ich mochte es, mit dir zu schreiben. Anonym. Ohne den Druck, den ich mir gemacht hätte, wenn du von meinen Plänen gewusst hättest. Ich war unsicher wegen meines Buches. Bin es noch. Es war nicht der richtige Zeitpunkt. Ich …« James stöhnte und ging sich frustriert durchs Haar.

Mia sagte weiterhin nichts, sondern starrte ihn einfach an. Ihr Blick wanderte mit seiner Hand durch sein Haar, hinunter zu seinem Nacken, ehe sie erneut nach oben blickte und auf seinen Lippen hängen blieb. War sie wirklich dieser Jemand? Für ihn? Sie lächelte kaum und biss sich auf die Unterlippe.

»Wenn du das tust, kann ich wirklich nicht mehr klar denken«, vernahm sie seine Stimme, rau und aufgewühlt.

Ihr Blick suchte seinen. Und was sie darin fand, war die pure Leidenschaft.

Eine Leidenschaft, die *sie* gefangen nahm. *Ihn.* Denn im gleichen Moment überwand er den letzten Abstand zwischen ihnen und küsste sie.

Mit einem Drängen, einer Dringlichkeit, wie Mia es bislang nicht gekannt hatte. Wie von selbst schlüpfte sie auf seinen Schoß, presste sich an ihn und ergab sich diesem Kuss, der alles veränderte.

Er stöhnte an ihren Lippen, schob eine Hand unter ihren Pulli und fuhr ihren zarten Rücken entlang. Haut an Haut. Er zog sie näher an sich, bis sich seine Erektion an ihre Mitte presste.

Mia keuchte auf und bog ihren Rücken durch, woraufhin er sich den empfindlichen Stellen an ihrem Hals widmete. Es war zu viel und zu wenig zur selben Zeit. In ihren Ohren hörte sie ihr eigenes Blut rauschen und noch etwas …

Ein Schellen, das jäh ihre Zweisamkeit störte, hallte durch den Raum.

»Fuck!«, hörte sie benommen James fluchen. Sogleich kramte er in seiner Gesäßtasche nach dem Störenfried. Schwer atmend nahm er ab. »James Wilder«, knurrte er ins Telefon. Ein entschuldigendes und überraschtes »Granny!« folgte keine Sekunde später. »Ach so. Du hast jetzt ein Handy! Prima, freut mich für dich. Ja, ich speichere deine Nummer sofort ab. Ja, natürlich, ich bin auf dem Weg. Nein, ich habe dein Essen nicht vergessen. Ich bin fast da«, log er, was Mia ein Kichern entlockte.

Nachdem James aufgelegt hatte, lachte sie.

»Das ist nicht lustig«, bemerkte er trocken, konnte sich ein eigenes Grinsen dennoch kaum verkneifen. »Meine Familie!«, kommentierte er stöhnend.

»Du hast eine tolle Familie«, machte ihn Mia aufmerksam.

»Ich weiß …« Fasziniert von ihrem Schlüsselbein, das ein Stück aus ihrem Pulli lugte, streichelte er mit einem Finger entlang der weichen Haut. »Sehen wir uns später?«, fragte er sie und zog sie wieder näher zu sich. »Ich könnte uns etwas zu essen machen.« Er raunte die Worte in ihr Ohr. »Wir könnten noch mal über mein Cover sprechen … Du könntest mir Tipps geben …« Er küsste sie unterhalb ihres Ohrläppchens.

»Mhm …«, summte Mia. In diesem himmlischen Augenblick konnte sie nur fühlen.

»Habe ich schon erwähnt, dass ich meine Familie gerade ein klein bisschen hasse?« Er ließ seinen Kopf nach hinten gegen die Lehne des Sofas sinken und stöhnte frustriert.

Abermals musste Mia lachen und versprach: »Wir sehen uns später.«

Ein Arbeitsmeeting mit Folgen

Mia genoss den Anblick der vorbeisausenden Häuser vom Fahrersitz aus. Wie schön, dachte sie, war es damals gewesen, früh morgens im Dunkeln im Schulbus zu sitzen und unbekümmert die beleuchteten Santas oder Frostys in den Straßen zu zählen. – Ihrer Tante Stacy war diese Idee gekommen, als sie noch sehr klein gewesen war und sie sich bei längeren Autofahrten gelangweilt hatte. Fortan zählte sie jedes Weihnachten die Lichterketten der Stadt.

Heute jedoch musste sie sich auf den Verkehr konzentrieren, besonders, da die Straßen glatt waren. Nichtsdestotrotz, in Mia arbeitete es. Die Autofahrt zu James war für sie erfüllt von den widersprüchlichsten Gefühlen. Sie freute sich, war aufgeregt. Nur dass sich unter all die Euphorie ebenso Zweifel mischten.

Nachdem James gegangen war, trieb Mia für ein paar Stunden leichtfüßig dahin, auf einer luftigen, rosaroten Wolke. Noch lange hatte sie seine Lippen auf den ihren gespürt. Am Nachmittag allerdings hatte sie angefangen alles zu durchdenken. Sie fand es nicht schlimm, dass er sich zunächst nicht getraut hatte, sich als @books_in_nature_vermont zu erkennen zu geben. Die Sache, die sie unruhig werden ließ, war, dass er sich erst vor Kurzem von seiner Freundin getrennt hatte und sie befürchtete ein Notstopfen für Weihnachten zu sein. Eigentlich schätzte sie James nicht so ein, dennoch nagten Zweifel an ihr. Sie musste einfach auf sich und vor allem auf ihr Herz aufpassen. Hinzukam, dass er über die Arbeit sprechen wollte. Sein Buch und sein zukünftiges Cover. Ein Umstand, der ihr sehr gefiel und trotzdem Fragen aufkommen ließ. Mia hatte die Zeit mit James derart auseinandergenommen, gedreht, gewendet und neu zusammengesetzt, dass sie nicht wusste, was dieser Abend bedeutete.

Was sie wusste: Sie war total bescheuert. *Unsicherheit, du, mein zweiter Vorname!*, erkannte sie selbst. Da traf sie mal einen wirklich tollen Mann – ihre letzte Beziehung, die, zugegeben, recht mittelmäßig verlaufen war, war drei Jahre her – und schon redete sie sich selbst alles schlecht. Folglich hatte sie beschlossen, alles auf sich zukommen zu lassen. Ob es nun ein Arbeitsmeeting werden sollte oder, wie sie dumpf in Erinnerung hatte, ein richtiges Date.

Kurz hatte sie überlegt, mit Jess zu schreiben. Allerdings befürchtete sie, dass die Ratschläge ihrer Freundin sie nur nervöser machten. Obwohl sie den Rat mit dem Rasieren heute befolgt hatte.

Mia schüttelte lächelnd den Kopf, während sie vor James' Haus, das abgelegen an einem Waldstück lag, parkte. Wie konnte man bitte schön in einer zehn minütigen Fahrt sein Liebesleben auf eine solche Art sezieren. Sie musste definitiv etwas für ihr Selbstwertgefühl tun.

Genau! Und sie beschloss hier und jetzt, dass sie heute einen wunderbaren Abend haben würde. Nichts anderes hätte sich Stacy für sie gewünscht. Und wie zur Bestätigung spielte das Radio den Klassiker *Have Yourself a Merry Little Christmas* von Judy Garland. Mia seufzte. Es war das Lieblings-Weihnachts-Lied ihrer Tante gewesen. War dies nicht ein gutes Zeichen? Schmunzelnd und in liebevoller Erinnerung summte sie das Lied bis zum Ende mit. Erst dann drehte sie den Zündschlüssel ganz herum und stieg aus.

James' Haus, das im Schatten der Bäume ruhte, war ein leuchtender Schimmer in der Dunkelheit. Es war dezent geschmückt und durch eines der Fenster konnte Mia einen Tannenbaum erkennen. Neugierig machte sie sich auf zur Tür des kleinen Hauses, das ebenso wir ihres für eine kleine Familie geschaffen worden war. Ihr Herz klopfte bereits schneller. Vorfreude breitete sich in ihrem Innern aus und sie hatte das Gefühl, ein breites Grinsen unterdrücken zu müssen. Mia wollte gerade schellen, da öffnete James die Tür.

»Hey …«, begrüßte er sie mit einem leisen Lächeln. »Wusste ich's doch, dass ich dich gehört habe.«

Es war verrückt, noch immer verschlug es Mia die Sprache, wenn sie ihn traf. Vielleicht war es albern von ihr, gleichwohl hatte er nun einmal diese Wirkung auf sie. Zu ihrer Verteidigung musste sie sagen, in seiner dunklen Jeans und in dem dunkelgrün-blauen Flanellhemd, dessen Ärmel er schon wieder hochgekrempelt hatte, sah er zum Anbeißen aus. Seinen Bart hatte er weiter wachsen lassen und dies ließ ihn zusätzlich verwegen wirken. Gut aussehend und verwegen, eine gefährliche Kombination, wie Mia fand.

»Komm rein!«, bat er sie und gab ihr zur Begrüßung einen Kuss auf die Wange. »Es ist kalt.«

Eilig schlüpfte Mia aus ihren Winterboots und trat ein. »Hi!«, sagte sie und begann ihre Jacke aufzuknöpfen. »Wie war die Feier bei deinen Großeltern?«, versuchte sie ein Gespräch in Gang zu bringen.

»Meine Granny hat jetzt WhatsApp«, antwortete er, als sagte dies alles, und grinste spitzbübisch. Er half Mia aus der Jacke und hängte sie für sie auf. »Ich habe zehn Nachrichten inklusive Fotos erhalten. An *einem* Nachmittag. Wenn sie jetzt noch Instagram für sich entdeckt, sind wir alle verloren«, scherzte er und deutete ihr ihm zu folgen.

Mia lachte, folgte ihm in den offenen Wohnbereich und schaute sich um.

James' Haus war beinahe, wie sie erwartet hatte. Holz und Leder bestimmten die Einrichtung, die um einiges schlichter war als die ihre. Es war als ginge der Wald von draußen fließend in seine Einrichtung über. Reduziert, auf eine gemütliche und beruhigende Weise. Auch sein Weihnachtsbaum, den sie von draußen gesehen hatte, spiegelte dies wider. Er trug lediglich eine weiße Lichterkette. Dafür verströmte er ein herrliches Tannenaroma.

»Möchtest du etwas trinken?«, bot James ihr an. Er stand neben der Kücheninsel, auf dem er Gläser und eine Flasche Wein parat gestellt hatte. Flur, Wohnzimmer und Küche waren ein zusammenhängender, riesiger Raum.

Wie Mia feststellte, hatte er in derselben Zeit sie beobachtet. Sie von oben bis unten gemustert. »Im Moment nicht. Danke«, reagierte sie leicht verlegen, auch wenn sie sich freute, dass ihm anscheinend gefiel, was er sah.

»Etwas zu essen?«, bemühte er sich weiter, kam aber langsam wieder auf sie zu.

»Nein, danke. Ich bin nicht hungrig.« Sie lächelte.

Kaum war James bei ihr angekommen, fragte er sie neckend: »Soll ich dir meine Büchersammlung zeigen?«

Erneut musste Mia auflachen.

»Komm, ich zeig dir mein Arbeitszimmer«, sagte er jetzt schlicht. Er nahm Mia bei der Hand und führte sie in sein Reich.

Ein kleines, gemütliches Reich, das einzig aus Bücherregalen sowie einem uralten Schreibtisch, mit Ledersessel dahinter, bestand. Seitlich davon lag ein Fenster, dessen Vorhänge derzeit zugezogen waren.

James, der Mias Blick gefolgt war, begann zu erzählen. »Beim Schreiben schaue ich zwischendurch gern hinaus. Von hier aus schaue ich direkt in den Wald. Es hilft mir, meine Gedanken zu sortieren.«

»Das kann ich gut verstehen.« Auch Mia liebte bei der Arbeit ihren Blick ins Grüne. Nur dass ihr Blick in ihren Garten führte. Mia wurde bewusst, dass sie viele Gemeinsamkeiten hatten, obwohl sie charakterlich sehr verschieden waren. Sie schüchtern und zurückhaltend. Er selbstbewusst und nie um ein Wort verlegen.

Normalerweise …

Gerade hatte Mia das Gefühl, er zog sich irgendwie zurück. Seine Miene wurde ernster und die Leichtigkeit in seinen Augen von vor einer Minute verblasste zunehmend. Er schaute sie auch nicht mehr an, sondern hing vielmehr seinen Gedanken nach. Anspannung lag in der Luft.

»James?«, fragte sie leise. Sie sorgte sich regelrecht.

Überrascht blickte er auf und benötigte ein paar Sekunden, um sich zu sortieren. »Würdest du dich bitte setzen?«, forderte er sie nun auf und zog seinen Schreibtischstuhl zurück, damit sie Platz nehmen konnte.

Mia war im ersten Moment perplex, bis sie etwas auf seinem Schreibtisch entdeckte, das ihr Herz in Aufruhr versetzte. Ausgedruckte Seiten, ohne Zweifel von seinem Manuskript, lagen dort und warteten darauf, gelesen zu werden. »Ist es das, was ich denke?«, deutete Mia und folgte seiner Aufforderung.

»Mhm«, murmelte er bedeutsam und trat zur Seite.

Mia fühlte sich sehr geschmeichelt. Es war ein so schöner Vertrauensbeweis. Trotzdem … James wirkte fürchterlich angespannt. Mit dem Gedanken, dass jemand seine Geschichte las, schien er sich nicht unbedingt wohlzufühlen. »Bist du dir sicher?«, hakte sie einfühlsam nach.

Und plötzlich lächelte James. »Wenn ich jemandem zutraue, meine Arbeit zu beurteilen, dann dir. Also, leg los!«

Eine Viertelstunde später hatte Mia die ersten zwanzig Seiten seines Romans gelesen. Sie liebte den Plot und noch mehr lieben würde sie es, für sein Buch das Cover zu gestalten. Augenblicklich taten sich Bilder vor ihrem geistigen Auge auf. Viel deutlicher und lebendiger als am Vormittag.

Mia hatte bisher nichts zu ihm gesagt. Weshalb er unruhig von dem einen auf das andere Bein trat. »Ich finde …, du solltest dir einen Agenten suchen«, verkündete sie knapp. Langsam breitete sich ein schelmisches Grinsen auf ihrem Gesicht aus. Sie hoffte, dies sagte mehr als tausend Worte.

James konnte anscheinend nicht glauben, was er hörte, denn er lächelte erst, woraufhin sich seine Miene rasch wieder verfinsterte. »Nein …«, winkte er ab. »Meinst du wirklich …? Ich denke, ich sollte es erst einmal überarbeiten. Es ist mein *erstes* Buch«, bemerkte er vielsagend.

Mia stand auf. Aus irgendeinem Grund war James in dieser Sache, die ihm offenkundig sehr viel bedeutete, unsicher. Sie ging zu ihm und griff nach seiner Hand. »Das …«, erklärte sie und zeigte hinter sich auf den Schreibtisch, »ist gut! Es ist eine tolle Geschichte. Etwas Besonderes. Etwas von Bedeutung. Und ganz viele Menschen sollten sie lesen. Also …« Um ihren nächsten Worten mehr Ausdruck zu verleihen, machte Mia eine Pause. »Such dir einen verdammten Agenten!«

Jetzt musste James lachen. Hoffnung und Freude blitzten in seinen Augen auf. Und wie aus Reflex küsste er sie. Mit beiden Händen umschloss er ihr Gesicht und drückte fordernd seine Lippen auf ihre.

Es kam so überraschend, dass Mia aufkeuchte.

Sofort zog sich James zurück. Eine seiner Hände, die er besitzergreifend um ihre Wangen gelegt hatte, strich nun sanft darüber. »Danke«, erwiderte er rau und schaute ihr suchend in die Augen. »Und entschuldige. Ich habe dich überrumpelt. Ich … Bei dir fühle ich mich manchmal wie ein Barbar. Ich will dich so sehr. Dich in meinen Armen halten, dich um den Verstand küssen …« Er schluckte schwer, ehe er weitersprach. Rastlos strich er sich durchs Haar. »Ich träume von dir. Ständig. Fuck, Mia, ich will dich. Ich will tief in dir vergraben sein. Ich will dich lieben. Ich will, dass du mit mir kommst.«

Mia hatte offenkundig aufgehört zu atmen, denn sie schnappte seufzend nach Luft. Und eine verräterische Hitze stieg ihren Hals empor.

Als wäre dies für ihn Aufforderung genug, küsste er sie erneut. Leidenschaftlich und besitzergreifend. Forschend erkundete er mit seinen Lippen ihr Gesicht und ihren Hals. Knabberte hier, leckte dort.

Mia erschauderte wohlig, presste sich an ihn und fuhr mit ihren Händen durch sein Haar. Mit einem Male konnte sie nicht genug von ihm bekommen.

»Ich liebe es, wenn das passiert«, flüsterte er plötzlich an ihrem Ohr und biss leicht in die zarte Haut daneben. »Wenn sich deine Wangen rosig färben.«

Mia stöhnte. Vor Lust, vor Verlangen. Obwohl seine Worte ihr nicht wirklich gefielen. Es war im Grunde das Letzte, was sie hören wollte. Sie hasste es, wenn sie rot anlief. Jedoch, wen kümmerte es schon. Das hier: Seine Lippen, seine Zunge fühlten sich einfach zu gut an.

»Um ehrlich zu sein, macht es mich total an«, gab er preis und suchte sich seinen Weg zu der kleinen pulsierenden Stelle an ihrem Hals. Er saugte daran.

Mia war wie von Sinnen. In ihrer Mitte sammelte sich die Wärme und sie verlangte nach mehr. Dass ein Kuss solche Empfindungen, solch ein Drängen in ihr auslösten, überraschte sie.

Allerdings, James' nächste Worte überraschten sie mehr.

Er leckte und saugte diese eine köstliche Stelle wieder und wieder, fuhr mit seiner freien Hand unter ihrem Pulli den nackten Rücken entlang und dazwischen flüsterte er sanft: »Es macht mich an …, weil ich in diesem Moment weiß …, dass du mich auch willst … Dass du mich genauso begehrst, wie ich dich begehre.«

Durch den Nebel der Lust kamen seine Worte nur verzögert bei ihr an. Mia brauchte einen Moment, um darüber nachzudenken. Und sie musste gestehen. Auf die Art hatte sie es nie betrachtet. Natürlich wurde sie auch ab und an rot, wenn ihr etwas peinlich war. Jedem passierte das. Aber es stimmte, was James sagte. Sie wurde rot, weil sie ihn begehrte. Alles an ihm. Seinen Körper, seinen Geist. Alles.

»Und weißt du, worauf ich noch stehe?«, fragte er gedehnt. Er küsste ein letztes Mal ihre empfindliche Haut und schaute sie dann an.

Blinzelnd erwachte Mia aus ihrer Trance.

James wartete, bis sie ihn ebenfalls ansah.

»Deinen Elfenpulli«, murmelte er mit verhangenem Blick. Nicht nur Mia schien berauscht.

»Meinen Elfenpulli!?«, echote sie und musste auflachen, sie konnte es nicht so recht glauben.

Ihr helles Lachen rüttelte ihn wach. »Du hast wirklich gar keine Ahnung, oder? Mia, in diesem Teil siehst du unfassbar sexy aus. Deine Beine …« Er biss sich auf die Unterlippe und wie zum Beweis zog er ein Bein an sich. Schlang es um sich. Wollte den Abstand zwischen ihnen weiter verringern. Rieb sich an ihr.

Und in diesem Moment, als seine Mitte gegen ihre stieß, war es um Mia geschehen. Vor einer Sekunde hatte sie gelacht, jetzt schoss ihr Blut heiß durch ihre Adern.

James schien es ebenso zu gehen. Er schaute sie an, als wolle er sie verschlingen. Und genau das tat er jetzt. Er küsste sie mit einer Leidenschaft, die ihr den Atem raubte. Rieb sich an ihr, bis beide keuchend, nach so viel mehr verlangend stöhnten.

Irgendwie hatte James sich derart an sie gedrückt, dass Mia nun gegen die Tischplatte stieß. Er bemerkte den Widerstand und hielt abrupt inne. Nur widerstrebend riss er sich von ihr los.

Als Mia in seine Augen blickte, erkannte sie darin die pure Lust. Trotzdem, etwas ließ ihn zögern. James küsste sie leicht auf das Kinn, auf die Wange, auf ihre Nasenspitze. Er zügelte sich selbst. Schließlich fragte er mit bebender Stimme: »Was willst du, Mia?«

Das fragte er noch? »Dich …«, flüsterte sie heiser. Sie küsste ihn und sog an seiner Unterlippe. Sie brauchte ihn so sehr. »Ich will dich«, antwortete sie entschlossen. Sie sah ihm tief in die Augen und wiederholte: »Ich will dich.«

Das war die Antwort, auf die James so sehnlichst gehofft

hatte. Er packte sie an den Hüften und hob sie hoch. Gerade noch hatte Mia auf der Tischkante gesessen, just wurde sie rittlings davongetragen.

Küssend, taumelnd erreichten sie das Schlafzimmer, wo James sie absetzte.

Dort war es schummrig, lediglich ein feiner Schein von der Lichterkette am Fenster erhellte den Raum und tauchte das Bett in einen angenehm goldenen Schimmer.

Doch Mia schenkte dem wenig Beachtung, sie hatte allein Augen für James. Für seinen Blick, der sie zu verbrennen drohte.

Mit seinen Blicken zog er sie aus und da ihm dies nicht genügte, begann er nun ihr Oberteil hochzuschieben. Er küsste sie flüchtig auf ihren zarten Bauch, wanderte nach oben, ehe er ihr den Pulli samt Unterhemd auszog. Erneut küsste er sie an dieser herrlichen Stelle an ihrem Hals, gleichzeitig nestelte er am Verschluss ihres BHs, bis er ihn nach unten abstreifen konnte.

Augenblicklich begann Mia zu frösteln. Kälte strich über ihre Brustwarzen und sie richteten sich auf.

»So schön ...«, flüsterte James anerkennend und leckte darüber. Erst über die eine, dann über die andere. Gemächlich nahm er sie in den Mund und saugte daran. Zeitgleich wanderte eine seiner kräftigen Hände zu ihrer Mitte. Streichelte sie durch den festen Stoff ihrer Jeans.

Mia rang nach Luft. Sie hatte das Gefühl, den Boden unter ihren Füßen zu verlieren. Noch nie hatte jemand solche Leidenschaft, solche Lust in ihr entfacht. Sie schwankte.

Aber James war zur Stelle, hob sie auf sein Bett und legte sich zu ihr. Schnell schälte er sich aus seinem Hemd und T-Shirt.

Mia kannte diesen atemberaubenden Anblick. Seine starken Arme. Die Muskeln an seinem Bauch. Wie auch hätte sie je diesen Anblick vergessen können. Und ihn jetzt zu spüren. Haut an Haut. Es war berauschend. Unwillkürlich drängte sie sich ihm entgegen, erkundigte ihn eifrig mit ihren Händen.

James küsste sie, umschloss zärtlich ihren Nacken, um sich noch dichter an sie drängen zu können. Mit der anderen Hand glitt er tiefer und fand den Bund ihrer Jeans. Und langsam, ganz langsam fuhr er darunter und begann sie zu liebkosen.

Mia schrie auf. »O Gott …«, murmelte sie, während er mit einem Finger in sie eindrang und sein Daumen sie massierte.

Mias Hüften begannen automatisch zu kreisen, immer schneller. Sie spreizte ihre Beine und presste sich ihm unkontrolliert entgegen. »James … Ich …« Sie streckte den Rücken durch und wandte ihren Kopf. Es fehlte nicht mehr viel und sie würde kommen. »James …«, wisperte sie flehend.

James, der sich selbst an ihr rieb, stöhnte beim Klang seines Namens. »Fuck …« Nur widerwillig löste er sich von ihr. »Du bringst mich wirklich um den Verstand«, sagte er zwischen zusammengebissenen Zähnen. Und mit einem Male hob er ihren Hintern an und zog mit einem kräftigen Ruck ihre Hose hinunter. Mia half ihm, sodass er sich seiner Jeans entledigen konnte. Hastig griff er in das Fach seines Nachttisches und zog ein Kondom über.

Als er sich nun auf Mia niederließ, stockte ihr der Atem. Er war schwer, obgleich er sich neben ihr auf den Ellenbogen abstützte. Und da jedweder störender Stoff zwischen ihnen verschwunden war, spürte sie in Gänze, was sich jetzt schamlos gegen ihre pochende Mitte drückte … Mia erschauderte erregt, war sich jedoch nicht sicher, ob dies funktionieren würde. Sie schluckte.

James küsste sie hingebungsvoll auf die Lippen, als hätte er ihren Zweifel bemerkt. Beruhigte sie, neckte sie und trieb sie gleichzeitig wieder an. Und obwohl es ihm alles abverlangen musste, versicherte er ihr leise: »In deinem Tempo. Okay?«

Mia nickte bloß. Himmel, sie wollte diesen Mann. Jetzt.

Sie spreizte die Beine ein Stückchen weiter, öffnete sich

für ihn.

Und wieder rieb sich James an ihr. Seine Mitte an der ihren. Langsam. Genüsslich. Bis ihrer beider Bewegungen immer hektischer wurden und Mia es kaum aushielt. Sie wollte. Nein! Sie *musste* ihn in sich spüren. »James ...«, hauchte sie fahrig. »Bitte ...« Mit der einen Hand streichelte sie seinen Nacken, während sie mit der zweiten seinen Rücken hinunterfuhr. Sie presste und drängte sich an ihn. Sie wollte ihm unmissverständlich zu verstehen geben, dass sie ihn wollte. Auf der Stelle.

James folgte ihr, vertiefte ihren Kuss, wobei er ein kleines Stückchen von ihr abrückte. Um dann ... in sie einzudringen. Stück für Stück. Er nahm sich Zeit, obwohl Mia spürte, dass es ihn beinahe um den Verstand brachte, sich nicht mit einem mächtigen Stoß in ihr zu vergraben.

Nach dem ersten unangenehmen Drängen, spürte Mia reine Lust. Eine Lust, die sich heiß in ihrem gesamten Körper ausbreitete und sie unruhig werden ließ. Plötzlich konnte sie es nicht mehr aushalten, ihn nicht ganz zu spüren. Es war einfach nicht genug. »James ...«, flehte sie erneut.

»Schhh ...«, wollte er sie beruhigen, sie anhalten, es nicht zu überstürzen, um ihr nicht wehzutun. Er wusste, er war gut gebaut und sie war fürchterlich zart.

Mia dagegen konnte nicht warten. Mit einem kräftigen Stoß schob sie sich ihm das letzte Stück entgegen.

Er füllte sie aus. Vollständig. Und ein warmes Kribbeln breitete sich bis zu ihren Fingerspitzen, bis zu ihren Zehen hin aus.

James atmete zischend ein und stöhnte darauf. »Gott, Mia ... Das ist ... Du fühlst dich wahnsinnig gut an.«

Mia, die selbst nur noch fühlte, bestimmt durch das tiefe Verlangen in ihrem Inneren nach Erlösung, begann sich zu bewegen. Rhythmisch neckte sie ihn, ihr zu folgen. Und James folgte ihr zu gern.

Angetrieben durch ein unbändiges Verlangen, das Mia auf

die Art bislang nicht gekannt hatte und es sich auch nie hätte vorstellen können, bewegte sie sich immer schneller. Unruhig. Fiebrig. Sie presste ihren Rücken durch, ihr Kopf wälzte sich verzweifelt in den Kissen. Mia konnte es nicht mehr aushalten. Es fehlte nur ein …

»Lass los, meine Süße … Komm für mich«, flüsterte James an ihrem Hals, liebkoste sie und fasste nun unter ihren Po. Er hob sie an und …

Mias Orgasmus kam in peitschenden Wellen und bäumte sich mit ihr auf, bis ihr Körper wie in tausend kleine Sterne in einer Woge der Glückseligkeit zersprang.

Und James folgte ihr keine Sekunde später, streichelte sie selbst noch, als die Wellen langsam verebbten. Erschöpft rollte er sich von ihr hinunter und nahm sie leicht mit sich. Liebevoll legte er einen Arm um sie und küsste sie auf die Schläfe.

»Der Wahnsinn«, murmelte James.

Mia brachte nur ein »Mhm« zustande.

Als die Nachtluft kühl über ihre verschwitzten Körper strich, zog James schützend die Decke über sie.

Mia kuschelte sich an ihn. Matt, befriedigt und glücklich. Es brauchte keiner weiteren Worte. Eng umschlungen schliefen sie ein.

Wie fängt man einen Weihnachtself?

Eine allumfassende Wärme und der weiche Schein der Lichterkette umfing Mia beim Aufwachen. Sie blinzelte verträumt. Sie hatte tief und fest geschlafen. Fühlte sich ausgeruht und entspannt, wie schon lange nicht mehr. Auf ihrem Bauch ruhte James' Arm, der sich besitzergreifend um sie gelegt hatte. James lag auf der Seite und schlief. Sein Brustkorb hob und senkte sich in einem beständigen Rhythmus.

Auch wenn James es nicht sehen konnte, Mia strahlte ihn an. Sie räkelte sich genüsslich. Befriedigt durch und durch. Mia spürte, dass sie unten herum wund war und auf eine ihr unerklärliche Weise machte es sie an. Entfachte erneut ihre Lust. Lust … Dieses Wort, dieses eine kleine Wort blieb plötzlich bei ihr hängen. Ließ sie nicht los.

Sie fragte sich, war es nur Lust gewesen? Mia brauchte James nicht einmal anzusehen, um zu wissen, dass es mehr war. Zumindest für sie. James war toll, intelligent, liebevoll, witzig. Und der Sex mit ihm war einem Erdbeben gleichgekommen. Mia beobachtete ihn, wie er schlief. Mit einem Male hatte sie das Bedürfnis, sich seine markanten Züge einprägen zu müssen. Seine schön geschwungenen Lippen, das kräftige Kinn. Seine dunklen Augenbrauen und seinen Dreitagebart, die ihm diese Verwegenheit verliehen. Mia wollte ihn berühren, seine Konturen nachspüren. Ihn nie vergessen. Und in diesem Augenblick begriff sie, sie hatte sich in ihn verliebt.

Vermutlich hatte sie es schon viel früher getan. Aber erst jetzt begriff sie es.

Sie lächelte und gleichzeitig ließ der Gedanke ihr schwer ums Herz werden. Denn obgleich sie wusste, was sie für ihn empfand, hatte sie keine Ahnung, welche Gefühle er hegte.

Was war es für ihn? War es für ihn bloß Lust gewesen? All seine Worte, seine Berührungen erweckten bei ihr den Eindruck, dass er genauso empfand.

Mia traute sich nicht, es zu glauben.

Erst kürzlich hatte er sich von seiner Freundin getrennt. Wie sie war er an Weihnachten allein. Vielleicht suchte er überhaupt nichts Festes, sondern lediglich einen angenehmen Zeitvertreib über die Feiertage. Sozusagen unter Gleichgesinnten. Schließlich gab es keinerlei Verpflichtungen zwischen ihnen.

Augenblicklich spürte Mia einen Stich, der Gedanke gefiel ihr gar nicht und dies alarmierte sie. Nervosität keimte in ihr auf. Und plötzlich überschlugen sich ihre Überlegungen. Konnte sie damit umgehen, wenn er sie nicht wollte? Wenn es für ihn lediglich ein Abenteuer zwischen Freunden war? Was wollte sie? Was wollte er?

Langsam stieg Panik in Mia auf. Sie schimpfte still mit sich selbst, sie solle nicht solch ein Drama machen, jedoch führten ihre Gedanken ein Eigenleben.

Was wäre, wenn er sie überhaupt nicht mehr hier haben wollte? Jetzt, am Morgen. Erwartete er vielleicht, dass sie längst verschwunden war, wenn er aufwachte. Nein. Das konnte sich Mia nicht vorstellen. Nein. So war James nicht. Nichtsdestotrotz, was wäre, wenn es nach dieser Nacht vorbei wäre? Sollten sie etwa gleich zusammen frühstücken und sich dann Lebewohl sagen? Oder zumindest, auf bald. Bis sie sich das nächste Mal im Supermarkt über den Weg liefen …

Allmählich wurde Mia kalt. Es war, als suchte sich ein Strom aus flüssigem Eis schleichend einen Weg zu ihrem Herzen. Mia konnte diesen Gedanken nicht ertragen. Sie wusste, was sie zu tun hatte.

Draußen war es noch dunkel, aber gewiss würde es nicht mehr lange dauern, ehe der Tag erwachte.

Vorsichtig nahm sie seinen Arm von sich hinunter und stand leise auf.

Mia hatte geduscht und stand in Leggings, übergroßem Sweatshirt und Wollsocken in der Küche. Sie gab Fox sein Futter und füllte das Wasser auf.

Mauzend beschwerte er sich darüber, dass sein Frauchen ihn die Nacht über allein gelassen und er nicht seine allabendlichen Streicheleinheiten bekommen hatte. Er schmollte ein klein wenig. Was ihn im Gegensatz dazu nicht davon abhielt, ihr seinen Rücken entgegenzustrecken, damit sie darüberstrich.

Mia seufzte. Irgendwie hatte sie ein ganz blödes Gefühl.

Sie rieb sich den Nacken, nur um daran erinnert zu werden, dass James sie auf seine Art gebrandmarkt hatte.

Sie hatte einen mordsmonumentalen Knutschfleck am Hals.

Und das Verrückte an dem Ganzen, sie fand es süß. Sie schämte sich nicht dafür. Es war das Zeichen ihrer gemeinsamen Leidenschaft gewesen und wenn das alles war, was ihr von ihm blieb …

Mia stieß leise den Atem aus. Der Gedanke machte sie unfassbar traurig.

Am liebsten hätte sie sich Fox geschnappt, wäre mit ihm auf die Couch geschlüpft und hätte ihn endlos gekrault, bis er vermutlich einschlief und sie selbst ebenso Ruhe fand. Allerdings wollte sie ihn nicht stören. Er knusperte sein Trockenfutter.

Also kuschelte sie sich in ihren Pulli, griff nach ihrer Teetasse und wärmte ihre Finger daran. Mia schaute gedankenverloren umher. Beim Anblick ihrer Füße, die in roten, dicken Wollsocken steckten, verharrte sie. Diese Socken waren für

Mia etwas ganz Besonderes. Stacy hatte sie einst für sie angefertigt. Eine Sonderanfertigung in weihnachtlichen Rottönen, die ihr bis zu der Hälfte der Waden ging, da sie oft an den Beinen fror.

Mia erkannte aufs Neue, wie sehr Stacy ihr immer noch fehlte. Ihr fehlte diese unbeschreibliche Geborgenheit, die sie in der Gegenwart ihrer Tante empfunden hatte. Sie vermisste ihre Umarmungen und ihre guten Ratschläge. Zweifelsfrei hätte sie auch in dieser Situation einen für sie gehabt.

Vor drei Jahren, kurz nachdem Stacy ihre Diagnose erfahren hatte, hatten diese Ratschläge kaum ein Ende genommen. Sie hatte Mia so vieles für ihr Leben mit auf den Weg geben wollen. Sie wünschte ihr ein glückliches, erfülltes, selbstbestimmtes Leben und an ihrer Seite einen Partner, auf den sie sich stets verlassen konnte. Eine Liebe, für die sie brannte und die ewig hielt. Einen guten Freund. Einen Mann, mit dem sie ihre Interessen teilen konnte und der nicht einzig an ihrem Höschen interessiert war. Nicht dass dieser Part nicht wichtig war, hatte Stacy damals grinsend verkündet, aber dieser gewisse Jemand sollte sich bitte schön in erster Linie in ihr Innerstes verlieben.

Automatisch gingen Mias Gedanken zu James über.

James brachte viele dieser Eigenschaften mit. Er war ein Freund. Er interessierte sich für sie und sie teilten eine große gemeinsame Leidenschaft: Geschichten, Bücher. Und sie beide mochten Kuchen. Mia schmunzelte. Und Weihnachten. Und die Natur. Und das Kleinstadtleben. Und ihnen beiden war ihre Familie wichtig …

Bei Mia machte es klick.

Himmel …, wie nur in drei Teufels Namen hatte sie so dumm sein können!? Da servierte ihr Santa einen Traummann zu Weihnachten und sie lief davon. Ängstlich, ob ihre Gefühle erwidert wurden. Gelähmt durch die Befürchtung, dass er sie vielleicht nicht wollte.

Was war mit dem, was sie wollte? Sie wusste, was sie

wollte, was sie empfand. Sie hatte lediglich Angst gehabt, es zu äußern. Und James hatte überhaupt keine Chance gehabt, sich zu erklären.

Sie hatte es vermasselt …

Hatte sie das? War es wirklich zu spät?

Verdammt! Sie sollte sofort in ihr Auto steigen und zu ihm fahren. Schneeböen hin oder her.

Genau! Genau das würde sie. Sie würde zu ihm fahren und sagen, was sie empfand. Sie musste ehrlich sein. Zu sich. Zu ihm. Sie musste diese einmalige Chance ergreifen. Packen und dürfte sie nie mehr loslassen.

Mia stellte ihre Tasse ab und eilte los.

Sie würde es geradebiegen.

Mia betete gen Himmel, dass er noch schlief.

Wahrscheinlich tat er dies nicht …

An der Tür angekommen, Mia wollte sich rasch ihre Jacke greifen, ging schlagartig ein Donnergrummeln neben ihr nieder. Fäuste pochten laut und schwer gegen das Holz ihrer Haustür. Mia zuckte erschrocken zusammen.

Herrje. Das verhieß nichts Gutes. Oder doch? Mia hielt sich zweifelnd die Hand vor den Mund. James …!? Konnte es James sein? Himmel, Herrgott, natürlich war es James! Es musste James sein.

Mias Herz rutschte gleich einige Etagen tiefer. Zur selben Zeit erfüllte sie Hoffnung.

Poch! Poch! Er ließ keine Ruhe.

Sie musste ihn wirklich hereinlassen.

Zaghaft öffnete Mia die Tür. Ein Seufzen entschlüpfte ihren Lippen, als sie ihn erblickte. Sie konnte nichts dagegen tun. Sie war entsetzlich aufgeregt.

Breitbeinig stand James vor ihr. »Hi!« Das war alles. Ein empörtes, genervtes Hi. James sah aufgebracht aus. Und zerzaust. Sein dichtes, dunkles Haar stand in alle Richtungen.

Ein Umstand, den James ihr zu verdanken hatte. Und eigentlich hätte ihr dies ein Lächeln auf die Lippen gezaubert,

jedoch schaute er dermaßen verärgert, dass Mia übel wurde. Sie hatte es tatsächlich vermasselt.

Bloß …, warum war er dann hier?

Zudem sah er ziemlich derangiert aus. Er sah aus, als wäre er aus dem Bett gefallen und dann direkt zu ihr gestürmt. Erneut keimte Hoffnung in ihr auf. Sie wollte ihn gerade hineinbitten, ihm alles erklären, als er das Wort ergriff.

»Warum? Warum bist du gegangen?«, verlangte er zu erfahren und verschränkte die Arme vor der Brust. Die Absicht, einzutreten, hatte er anscheinend nicht.

Er blieb bewusst auf Abstand, was Mia verunsicherte.

»Ich …«, flüsterte Mia und rang die Hände. Sie wusste nicht, wie sie beginnen sollte. »Also …« Mia verlor kurz den Mut. Sie war einfach fürchterlich in solchen Dingen. Sie brauchte einen Moment, um sich zu sortieren.

»Ist es das, was du wolltest?«, fragte er barsch. Zorn tobte in seinem Blick. James schaute sie unverwandt an. Er war verletzt. »Eine Nacht und dann … Also …, das ist —« James stoppte sich selbst.

»Nein! O Gott, James, nein!«, rief Mia entsetzt auf und streckte eine Hand nach ihm aus. Sie verharrte in der Luft. »Nein, ich … ich dachte nur, dass …« Scheu ließ sie ihre Hand wieder sinken. Sie guckte umher, suchend nach den richtigen Worten.

Ungeduldig fuhr sich James durchs Haar, folgte ihrem Blick und hielt schließlich an ihren Füßen, die in leuchtend roten Socken steckten.

Mia rieb ihre Zehen aneinander, angespannt, unsicher. Und er musste es begriffen haben, denn plötzlich sagte er sanft: »Ich wollte nicht, dass du gehst.«

Mia blickte ruckartig auf.

James lächelte. Dieses schiefe, sexy Lächeln, das ihren Magen zum Flattern brachte und sie selbst unwillkürlich strahlen ließ.

»Und ich wollte nicht gehen«, gestand sie endlich.

James streckte die Hände nach ihr aus. Zupfte neckend am Bund ihres Pullis. »Weißt du … Ich wollte mit dir in meinen Armen aufwachen. Ich wollte dich wachküssen, erneut lieben. In meinem Bett, in der Küche. Verdammt, Mia, ich hatte vor, dir Pancakes zum Frühstück zu machen.«

Jetzt musste Mia lachen. »Es tut mir leid«, erwiderte sie zerknirscht und gleichermaßen hoffnungsfroh. »Es tut mir schrecklich leid. Ich war verunsichert. Ich wusste einfach nicht, wie es –«

James beendete ihren Satz: »zwischen uns steht?«

»Ja … Ich wollte bleiben. Mehr als alles andere«, bekräftigte Mia leidenschaftlich und war glücklich, es ausgesprochen zu haben. Wie von selbst rückte sie näher.

James tat das Selbige. Zog sie eng an sich, schützte sie mit seinem Mantel. Und langsam senkte er seine Lippen auf die ihren zu einem inniglichen Kuss.

Noch immer standen die beiden draußen. Hinter ihnen tanzte der Schnee im dämmrigen Morgenschein. Der Himmel war pfirsichfarben, dazwischen weiße Tupfer gemacht aus Schnee.

Mia genoss seine Wärme und lehnte sich dichter an ihn. Wanderte unter der Jacke seinen Rücken empor. Spürte seine Muskeln und gab sich vollends dem Gefühl, von ihm beschützt zu werden, hin.

»Ich möchte, dass du bleibst«, unterbrach James den Kuss und strich sanft mit der Nase über ihre Wange. Seine Augen waren geschlossen. Er atmete schwer, ehe er die nächsten Worte aussprechen konnte. »Ich möchte, dass du bleibst. Für immer.«

Mia verschlug es die Sprache. Was deutete er da an? Ihr Herz zog sich zusammen, auf die schönste Weise. Gleichzeitig konnte sie es nicht glauben und blinzelte heftig.

Sie musste ziemlich verdattert geguckt haben, James erklärte sich. »Keine Sorge, meine Elfe, das ist kein Heiratsantrag. Du merkst, wenn ich dir einen mache. Dann falle ich nämlich hochoffiziell vor dir auf die Knie. Vielleicht lade ich dazu sogar die beiden Kuppelschwestern ein.«

Mia wusste nicht, wie er es anstellte. Bei ihr traf er stets den richtigen Ton, fand immer die richtige Weise.

Beide lachten.

»Also, was sagst du?«, begann er wieder ernst, obgleich ein schelmisches Grinsen seine Lippen umspielte. »Willst du mit mir gehen?«

Mia musste nun noch mehr lachen. Und seit langer Zeit fühlte sie wie Glück durch ihren Körper floss. Sprudelnd. Kribbelnd. Pures, lebensbejahendes, zu Tränen rührendes Glück. Und mit diesem Gefühl in ihrem Herzen dachte Mia an Stacy und an ihren Wunsch für sie. Vielleicht hatte sich ihr Wunsch für sie ja erfüllt. Vielleicht hatte er nur eine Weile gebraucht, um bei ihr anzukommen. Und wer wusste es schon, vielleicht hatte es geholfen, dass sie heute Stacys Socken trug.

Wie auch immer es sein mochte. Genauer darüber nachdenken, wollte Mia ein anderes Mal, James lenkte sie zu sehr ab. Er verlangte nach einer Antwort.

James hatte ihr in den Po gezwickt und zog herausfordernd eine Braue nach oben.

»Ich denke …« Mia lächelte und stellte sich auf ihre Zehenspitzen. »Ich denke, ich kreuze mit Ja an. Und dahinter …« Sie grinste und küsste ihn flüchtig, strich zart über seine Lippen. »schreibe ich ein: Für immer.«

– Fröhliche Weihnachten –

Walnuss-Mandel-Pie

Zutaten
(für 16 Stücke)

Mürbeteig
300 g Dinkelmehl, Type 630
200 g Butter, weich, in Stücken
100 g Zucker
1 TL Vanille-Extrakt
1 Prise Salz

Walnuss-Mandel-Füllung
200 g Walnüsse, gehackt
100 g Mandeln, gemahlen
150 g gezuckerte Kondensmilch
100 g Zucker
2 Eier (M)
20 g Speisestärke
20 g Backkakao
1 TL Vanille-Extrakt
¼ TL Salz
Puderzucker zum Bestäuben

Zubereitung

1. Backofen auf 180°C vorheizen. Eine Tarteform (Ø 28 cm) mit Backpapier auslegen. Dafür ein Stück Backpapier zusammenknüllen und unter fließendes Wasser halten. Dadurch wird das Papier geschmeidig und passt sich besser der Form an.

2. 300 g Mehl, 200 g Butter, weich, in Stücken, 100 g Zucker, 1 TL Vanille-Extrakt und 1 Prise Salz mit den Knethaken eines Handrührgeräts verkneten (ggf. mit den Händen noch einmal gut durchkneten), auf einer bemehlten Arbeitsfläche zu einer Kugel formen, diese etwas flach drücken und in die Tarteform legen. Nun mit bemehlten Händen den Teig flach und gleichzeitig nach außen drücken, sodass die Form zum Schluss vollständig mit dem Teig ausgekleidet ist. Mit einer Gabel den Teigboden leicht einstechen.

3. 200 g Walnüsse, gehackt, 100 g gemahlene Mandeln, 150 g gezuckerte Kondensmilch, 100 g Zucker, 2 Eier (M), 20 g Speisestärke, 20 g Backkakao, 1 TL Vanille-Extrakt und ¼ TL Salz in einer Schüssel mit einem Holzlöffel oder einem Teigschaber gut verrühren.

4. Vorbereiteten Teigboden 8 Minuten (180°C) auf der mittleren Schiene vorbacken. Die Form vorsichtig aus dem Backofen nehmen und die Füllung langsam auf dem Teigboden verteilen. Den Pie wieder in den Backofen setzen (Achtet bitte darauf erneut Backhandschuhe zu benutzen, die Form ist ja noch heiß!) und 30-35 Minuten (180°C) fertig backen (nach 10 Minuten den Pie locker mit Backpapier abdecken). Den Walnuss-Mandel-Pie auf einem Kuchengitter abkühlen lassen (dauert ca. 6 Stunden), mit Puderzucker bestäuben und in 16 Stücke schneiden. Bon appétit!

Tipps und Hinweise:
*   Was bedeutet die mittlere Schiene: Bei den meisten Backöfen verwendet man die zweite Schiene von unten, damit der Kuchen mittig im Backofen sitzt.
*   Die Tarteform setze ich im Backofen auf das Gitterrost und nicht auf ein Backblech, weil dieses zu viel Wärme von unten schluckt.

- Zum Vorbacken des Bodens benötigt ihr keine Trockenerbsen wie beim Blindbacken. Dies ist nicht erforderlich. Die 8 Minuten dienen lediglich dazu, dass der Boden schon einmal ein bisschen anzieht.
- Da der Kuchen, insbesondere der Teigrand, schnell bräunt, solltet ihr ihn im Auge behalten. Wenn ihr einen Backofen besitzt, der generell stark heizt, benötigt euer Kuchen vielleicht nur 30 Minuten.

Danksagung

„Die Liebe kommt in Wollsocken" war und ist ein Schreibprojekt, das mich von der ersten Sekunde gefangen genommen hat. Die Idee dazu kam mir an einem Freitagabend im August. Zwei Wochen später hatte ich die Rohfassung fertig geschrieben. In diesen zwei Wochen entstand übrigens auch die Idee für das Cover, wobei die richtige Ausarbeitung natürlich mehr Zeit in Anspruch genommen hat. Alles in allem war es eine wunderschöne Zeit diesen Kurzroman für euch entstehen zu lassen. Vielen Dank an der Stelle an meine Mum, die es nicht müde wird, mir Mut zuzusprechen. Du bist ein Schatz!

Jetzt muss ich euch allerdings noch eine Kleinigkeit gestehen. ;-) Mir war es ein besonderes Anliegen, meinen Lieblings-Weihnachts-Film *Drei Haselnüsse für Aschenbrödel* in die Geschichte mit einfließen zu lassen, wohl wissend, dass der Film in den USA nur mit englischem Untertitel erhältlich ist. Ich hoffe, ihr verzeiht mir diese kleine künstlerische Freiheit, die ich mir herausgenommen habe.

Diese Geschichte ist nämlich, so wie sie ist, ein absolutes Herzensprojekt für mich. Sie vereint so viele schöne Dinge, die mir an Weihnachten wichtig sind. Und ich hoffe, dass sie euch, genauso wie mir, ein großes, breites Lächeln aufs Gesicht zaubern konnte und euch natürlich in Weihnachtsstimmung versetzt hat, die noch lange anhält.

Herzlichen Dank an euch, meine Leser, dass ihr meiner ersten Liebesgeschichte eine Chance gegeben habt. Das bedeutet mir unendlich viel!

In diesem Sinne wünsche ich euch eine wunderschöne Winter-Weihnachts-Zeit. Herzliche Grüße und alles Liebe!

PS: Wenn ihr Lust habt, mehr über meine Bücher und mich zu erfahren, dann besucht mich gern auf meiner Homepage www.mirismith.de oder auf Instagram @miri.smith.autorin. Über Sternebewertungen und Rezensionen auf Buchplattformen freue ich mich besonders. Vielen Dank, ihr seid großartig!

Weitere Bücher der Autorin

Die Elsy Moore-Reihe

Cosy Crime: Krimi trifft Romance!
Die Bände sind unabhängig voneinander lesbar.

Elsy Moore und der Teetassenmörder (Band 1)

Elsy Moore, die junge Hauswirtschafterin des allseits beliebten Baron of Faun, fällt aus allen Wolken, als sie bei einem Besuch des Küsters des kleinen Dorfes Stricktony nicht auf ihn, sondern lediglich auf seine Leiche trifft. Die Hobbydetektivin, die ihr Talent bislang nur beim Lesen von Krimis ausleben konnte, ist schockiert und neugierig zugleich, denn etwas am Tatort hat ihre Aufmerksamkeit erregt. Ihr Entschluss, der Polizei bei diesem Fall unter die Arme zu greifen, ist daher schnell gefasst. Voller Tatendrang und mit der Unterstützung ihrer Freunde macht sie sich auf Spurensuche. Nicht auszudenken, Elsys Vermutung bestätigte sich und weitere Morde stünden bevor …

Elsy Moore: Ungesund ist der Tod (Band 2)

Nervenaufreibender hätte das neue Jahr für die Dorfbewohner von Stricktony nun wirklich nicht beginnen können. Ein Wasserschaden legt nicht nur die beliebte Leihbibliothek lahm, sondern das gesamte Gemeindezentrum gleich mit. Als dann der Sprössling eines reichen Bauunternehmers während der Renovierungsarbeiten bei einem Unfall ums Leben kommt, ist das kleine Dorf vollends in Aufregung. Aufregung, die schnell in Entsetzen umschlägt, als klar wird, dass dabei jemand seine Finger im Spiel hatte. Und die Polizei? Der gut aussehende, aber mürrische Inspektor Quinn tappt anscheinend völlig im Dunkeln, bis sich Elsy, ihre taffe Freundin Imelda und der Baron of Faun des verzwickten Falls annehmen.